장래 희망은 —— 함박눈

장래 희망은 함박눈

초판 1쇄 발행 2021년 06월 25일

글 윤이형, 박현숙, 김이설, 정은, 최진영

편집장 천미진 | **편집** 이정미, 임수현, 민가진
디자인 한지혜, 강혜린 | **마케팅** 한소정 | **경영지원** 구혜지

펴낸이 한혁수 | **펴낸곳** 도서출판 다림 | **등록** 1997. 8. 1. 제1-2209호
주소 07228 서울시 영등포구 영신로 220 KnK 디지털타워 1102호
전화 (02) 538-2913 | **팩스** (02) 563-7739 | **전자 우편** darimbooks@hanmail.net
블로그 blog.naver.com/darimbooks | **다림 카페** cafe.naver.com/darimbooks

ISBN 978-89-6177-263-1 (43810)

이 책 내용의 일부 또는 전부를 사용하려면 반드시 저작권자와 도서출판 다림의 서면 동의를 받아야 합니다.
책값은 뒤표지에 있습니다.

장래 희망은 함박눈

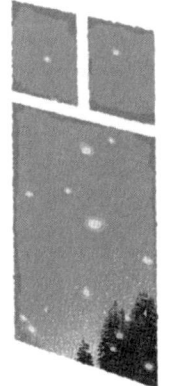

다림

· **차례** ·

자기만의 용 · **윤이형**　_7

천사는 죽었지만 죽지 않았다 · **박현숙**　_37

안녕, 시호 · **김이설**　_80

아이돌의 사촌 · **정은**　_119

첫눈 · **최진영**　_165

자기만의 용 · 윤이형

엄마가 '캐삭빵'을 하자고 했다.

장소는 얼음파랑절벽 위 하늘. 시간은 겨울 방학이 끝나는 날 밤 아홉 시. 내가 이기면 엄마는 캐릭터를 지우고 더 이상 내게 아무 잔소리도 하지 않는다. 게임에 관해서건, 공부에 관해서건, 내 인생에 관해서건. 엄마가 이기면 나는 캐릭터를 지우고 엄마가 원하는 대로 당분간 게임에서 손을 뗀다. 그게 엄마가 내건 조건이었다.

내가 하는 온라인 게임 〈날개〉에 엄마가 자기 계정을 만들어 몰래 하고 있다는 걸 발견한 건 한 달쯤 전이었다. 언제부터 시작한 건지는 알 수 없었다. 내게 들킨 엄마는 아무렇지도 않게 말했다.

"아, 알아챘어? 이 게임이 너한테 유해한지 무해한지 알려면 직접 해 봐야 하니까 한번 들어와 봤을 뿐이야."

"그렇게 말하기엔 레벨이 너무 높은데?"

"그냥 하다 보니 그렇게 됐거든?"

엄마는 부끄러워하며 얼버무렸다. 엄마는 53레벨이었다. 제법이라는 생각이 들었다. 나는 58레벨이었다. 겨울 방학이 끝나는 날까지는 이제 2주 정도가 남아 있었다. 그동안에 5레벨을 올리는 건 상당히 무리로 보였다. 5레벨 차이가 나는 상대를 결투에서 이길 거라고 생각하다니 근거 없는 자신감도 너무 지나쳤다. 엄마는 대체 무슨 생각일까. 왜 갑자기 날 이겨 먹고 내 캐릭터를 지워 버리려는 걸까.

내게는 캐삭빵을 하자는 엄마의 말이 어울리지 않는 일을 하려고 억지로 애를 쓰는 것처럼 들렸다. 엄마는 원래 내게 아무것도 강요하지 않는 사람이었다. 언제나 내 말을 잘 들어 주었고, 내가 하기 싫어하는 것은 아무것도 억지로 시키지 않았으며, 늘 나와 동등한 눈높이에 서서 이야기를 나눠 주었다. 그런데 언제부턴가, 뭔가 눈앞에서 정신을 차리게 하는 종이 땡 하고 울린 것처럼, 어디서 배워 왔는지 온갖 잔소리를 시작했고, 성적 얘기를 하며 땅이 꺼져라 한숨을 쉬기 시작했던 것이다. 절친에서 엄마로, 나를 혼내고 통제하고 내 생활을 답답한 틀 안에 넣어 버리는 사람으로, 다시 말해 한국의 다른 모든 부모들과 똑같이 진부하고 지리멸렬하고 짜증 나는 부모로 한 단계 올라가는, 아니 내려가는 자격시험이라도 준비하는 사람 같았다.

"갑자기 캐삭빵이라니 무슨 소리야, 엄마."

"안 하면 억지로 계정 지워 버릴 거야. 네 아빠랑도 다 상의해서 결정된 문제야. 그러면 좋겠니? 긴소리하기 싫다.

마지막으로 즐기면서 마음 정리하라고 여유 좀 주는 거니까 그렇게 알아."

초등학교 때까지 내 공부와 성적 걱정 담당은 아빠였다. 엄마는 내 놀이 담당이었다. 그런데 이제 엄마는 아빠에게만 나를 맡겨 두는 게 뭔가 성에 안 차는 일이라고 결론을 내린 것 같았다. 정작 아빠는 별 걱정 안 하는데.

엄마는 나를 어떻게 이길 생각인가. 근성의 수박주스라도 한 백 병쯤 만들어 계속 가방에서 꺼내 마시면서 싸울 작정인가. 웬만큼 컨트롤이 되는 게 아닌 이상 그러기는 상당히 힘들 텐데. 55레벨이 되어야만 탈 수 있는 용도 엄마는 아직 없었다. 결투 장소인 얼음파랑절벽 위 하늘에 용 없이 올라오려면 캐릭터의 몸 자체에, 그러니까 등에 작은 날개를 달아야 했다. 엄마의 캐릭터도 천으로 된, 작은 천막처럼 생긴 파란 날개를 달고 다녔다. 하지만 그걸 사용해서 잘 날아다니는 일에는 서툴렀다. 어느 날 내 눈앞에서 날고 있던 엄마 캐릭터가 갑자기 사라진 일이 있었다. 어디 다른 데로 갔나 하고 주위를 둘러보는데, 채팅창에 'ㅋㅋㅋㅋㅋㅋㅋㅋㅋㅋㅋㅋ' 하고 여러 사람이 웃는 소리가 올라왔다. 혹시나 하고 아래쪽을 보니 엄마 캐릭터가 체력이 바닫난 채 거기 주저앉아 있었다. 날개를 만들어 달긴 했는데 조작에는 아직 서툴렀던 엄마가 공중에서 실수로 날개를 싹 접어 버린 탓에 밑으로 수직 낙하 해 버린 것이었다. 갑자기 하늘에서 떨어지는 엄마를 본 사람들은 사정없이 웃어 댔고, 나는 비명도 못 지르고 조용히 체력 회복용 사과파이를 먹고 있는 엄마를 보며 웃음을 참느라고 죽는 줄 알았다.

 엄마가 나를 이길 수 있을 리가 없어.
 나는 그렇게 생각했다. 하지만 알 수 없는 일이었다.

*

 아무에게도 털어놓을 수 없었다. 내 친구들 중엔 〈날개〉를 하는 애가 아무도 없었다. 아니 게임이라는 걸 하는 애가 거의 없었다. 고작해야 학교 끝나고 버스에서, 혹은 학원에서 학원으로 이동할 때 스마트폰으로 간단한 퍼즐 게임을 조금씩 집적거릴 뿐, 나처럼 집에서 데스크톱으로 MMORPG를 돌리는 애는 내 생활 반경에선 찾아볼 수가 없었다. 물론 가장 관심 있는 게 뭐냐고 물어보면 다들 대답할 만한 것 한 가지씩 있긴 했다. 선경이는 아이돌 그룹에 빠져 있었고 미르는 유튜브에, 재인이는 아웃렛에 가서 예쁜 옷을 사 오는 일에 심취해 있었다. 하지만 각자의 관심사를 이야기하다가도 우리는 모두 비슷비슷한 표정으로 한숨을 쉬며 혼잣말을 하곤 했다.

"내가 이걸 언제까지 좋아할 수 있을까?"

그렇게 입을 모아 말할 때의 우리는 겨우 열네 살인데 할머니들 같았다. 동네에서 마주치는 할머니들은 항상 자기들끼리, 내가 살면 언제까지 더 살겠어? 에이고, 더 살아 봐야 뭐 하냐? 하고 낄낄 웃으며 말씀을 나누시곤 했던 것이다. 슬슬 그만둬야 하는 때가 다가오고 있다는 걸 우린 모두 알았다. 우리는 곧 2학년이었다. 중학교 1학년은 초등학교를 졸업한 기념으로 여러 가지를 맛볼 수 있는 시기였다. 어린이에서 청소년이 된 것에 대한 반짝 축하라고 할까. 하지만 중학교 2학년이란 그런 맛보기를 이제 끝내야 하는 시기, 더 이상 허송세월을 해서는 안 되는 시기, 미래가 갈리는 시기, 여기서 더 늦으면 너무 늦어 버리고 마는 시기라고들 했다. 우리가 그 말을 믿건 안 믿건 선생님과 부모님과 우리 주변의 어른들은 그 말을 철석같이 믿는 것 같았다.

그뿐인가. '무엇을 좋아하는가'에도 목표와 전략과 계획이 필요했다. 그림 그리기, 과학 상자 조립, 코딩, 악기 연주와 춤, 달리기와 시 쓰기, 심지어 식물 이름 외우기에 이르기까지, 조금이라도 '특기'나 '재능'으로 분류할 수 있는 무언가를 지닌 아이들은 이미 부모님과 함께 각자의 미래를 준비하고 있었다. 그 아이들만을 위한 영재 교육 코스가 따로 있었고 준비해야 하는 입시, 다녀야 하는 학원, 일정을 꼼꼼히 따져 가며 참가해야 하는 대회, 그리고 받아야 하는 상과 가산점 들이 따로 있었다.

내가 보기에 그건 마치 독수리에게 잡혀가는 것 같은 일이었다. 막 어두운 동굴에서 빠져나와 세상을 처음으로 걸어 다니기 시작한 아이들이 여러 가지 빛깔의 아름다운 꽃들이 핀 각자의 들판, 자신이 좋아하는 것으로 채워진 들판을 발견한다. 그런데 그러자마자 허공을 빙빙 돌던 거대한 독수리가 급강하해 그 애들을 하나씩 발톱으로 잡아채서는 날아가 버리는 것이다. 그 아이들은 더 이상 목적 없이 걸어 다닐 수 없게 되고, 곧이어 자신보다 훨씬 큰 무언가의 일부로, 톱니바퀴 같은 것으로 변해 어딘가로 사라져 버리는 것 같았다.

아이돌을 단지 좋아하기만 하는 선경이, 그저 예쁜 옷을 사는 데 관심이 많은 재인이, 유튜브 크리에이터가 된 게 아니고 그냥 여러 개의 유튜브를 열심히 구독하고 있는 미르, 그리고 단순히 게임을 좋아할 뿐인 나, 우리는 잡혀가진 않았지만 가끔 생각이 복잡했다.

나와 친구들이 좋아하는 것들은 가산점이나 최우수상이나 어떤 학교에 들어가기 위한 추천사로 변할 것 같지도, 우리의 미래에 별로 도움이 되어 줄 것 같지도 않았다. 주위 어른들이 그렇게 말했고, 우리 자신이 생각해 봐도 그랬다. 우린 우연히 그런 것들을 좋아하게 되었을 뿐인데 바로 그런 이유로 조금은 불안해해야 했다. 나는 그렇게 강요되는 불안이 정말이지 마음에 들지 않았다.

"넌 혹시 게임 특기생 될 생각은 없어?"

하루는 선경이가 그렇게 물었다. 뉴스에서 봤는데 게임을 잘하는 학생들을 따로 뽑는 학교가 새로 생긴다는 것이었다. 나는 곧바로, 전혀!라고 대답했다.

"나는 게임을 잘하는 게 아니라 그냥 좋아할 뿐인데? 그리고 앞으로도 그냥 좋아하기만 하고 싶어. 프로 게이머가 될 생각 같은 것도 없고. 코피가 터지도록 연습을 하고, 더 잘하기 위해 노력을 하고 걱정을 하고, 그런 건 싫어. 내가 왜 그렇게 해야 돼?"

내가 똑같은 말을 했을 때 엄마는 아주 묘한 표정을 하고 내 얼굴을 들여다보았다. 마치 안경을 쓴 귀뚜라미나 산타클로스가 끄는 썰매를 탄 루돌프 사슴을 보는 것 같은 표정이었다. 엄마는 혼잣말로, 그래…… 그게 맞는 거지, 하고 중얼거리다가, 곧바로 이어서 허공에 혼자 소리쳤다. 하지만 지금은 시대가 다르잖아!

엄마가 혼잣말을 너무 해서 나는 시끄러워 견딜 수가 없었다. 시대가 다르다는 게 도대체 무슨 소린지, 그리고 지금까지 쭉 나랑 같이 게임을 즐겨 놓고는 갑자기 왜 게임을 그만하라는 둥, 정 스트레스를 풀 방법이 필요하면 게임처럼 소모적인 거 말고 다른 걸 좋아해 보면 어떻겠느냐는 둥, 좋아하는 것으로만 만족하지 말고 그걸로 내 길을 삼을 생각을 지금부터 하는 게 좋지 않겠느냐는 둥 귀찮게 구는 건지, 그러다가도 또 아니다, 내가 애한테 이런 얘기를 하는 게 맞나? 이놈의 세상이 이렇게 미쳐 돌아가는데? 하고 정신 나간 사람처럼 혼잣말을 해 대는 건지 알 수가 없었다.

내가 기억하기로 나는 다섯 살인가 여섯 살 때부터 엄마의 스마트폰과 태블릿으로 게임을 했다. 어린이집에서도, 초등학교에서도 아이들은 다들 나를 부러워했다. 우리 엄마처럼 마음껏 게임을 하게 해 주는 부모님은 어디에도 없었던 것이다. 매일같이 '너 게임 너무 많이 하는 것 아니니.' 하는 말을 하면서도 엄마는 내가 게임하는 걸 막지는 않았다.

"제가…… 에너지가 없었어요."

엄마가 상담 선생님에게 그렇게 말하는 걸 들었다. 내가 초등학교 2학년 때였다. 내가 게임 중독이라고 확신한 엄마는 정신과에 나를 데려갔고, 오만 가지 문제를 푸는 길고 지루한 검사를 받게 했다. 그런 다음 내가 중독이라고는 볼 수 없고, 신체 및 정신 작용이 모두 정상이고 뇌의 학습 기능에도 아무런 문제가 없다는 결과가 나오자 눈물을 뚝뚝 흘렸다.

"아이랑 조금 더 창조적으로 놀아 줄 에너지가 저한테는 없었어요. 다른 엄마들처럼 엄마표 장난감을 만들어 놀아 준다거나, 계속 책을 읽어 준다거나, 그러지 못했어요. 그냥 휴대폰 들려 주고 게임만 하게 한 게 문제였던 것 같아요. 제가 어릴 때 부모님한테 너무 닦달을 당하면서 커서, 제 아이한테는 그러지 않고 싶었어요. 그런데 그러다 보니 또, 너무 방심하고 풀어 줬나 봐요. 애가 게임만 이렇게 좋아하는 걸 보니……."

"예, 그러실 수 있어요. 그게 어머님만의 잘못은 아닙니다. 워킹맘이시잖아요. 하지만 아이가 게임에 몰두한다는 건 아무래도 가슴속에 정서적 불안이라든가, 풀리지 않는 스트레스 같은 게 있어서 그러는 것이거든요. 남편과는 사이가 좋은 편이신가요? 아이가 보는 앞에서 크게 싸운 일 같은 건 없고요?"

"아이가 보는 데서는…… 크게는 안 싸웠는데요. 말다툼 정도는 몇 번 한 적 있지만."

"때로는 엄마 아빠의 말다툼도 아이에게는 가정이 깨질지 모른다는 충격이나 두려움으로 다가올 수 있거든요. 그런 일로 공포를 느끼게 된 아이가 게임에 매달리는 것일 수 있어요. 앞으로는 더욱 조심하시는 게 좋겠습니다."

상담실 문이 조금 열려 있고 그 틈으로 내가 안을 들여다보고 있다는 사실을 엄마도 상담 선생님도 알지 못했기에 나는 그 대화를 고스란히 엿들을 수 있었다. 너무나 어이가 없어서 나는 소리치고 싶었다. 저기요! 저는 정서적 불안도 말 못 할 두려움도 없거든요? 저는 지금 되게 괜찮고, 왜 이런 데까지 와서 이상한 검사 같은 걸 받아야 되는지도 모르겠는데요? 이게 더 귀찮고 피곤해 죽겠거든요? 하지만 나는 물론 그런 말은 하지 못했다. 병원 로비에 참담한 심정으로 앉아 엄마가 나오기만 기다렸다.

내가 중학생이 되자 엄마는 나를 병원으로 데려가 같은 검사를 한 번 더 받게 했다. 결과는 초등학교 때와 별반 다르지 않았다. 나는 모든 영역에서 정상 범주 내에 들었다. 전보다 나빠진 것은 딱 하나, 시력이었는데, 아주 심하게 나빠진 것도 아니었고, 눈이 조금씩 더 나빠진 것은 다른 아이들도 마찬가지여서 별로 걱정할 일이 아니라고 나는 생각했다. 검사 결과를 종합해 들은 엄마는 그것을 다행으로 생각하면서도 이상하게 조금 실망하는 것 같았다. 나로 하여금 게임을 그만두게 하기 위한 중요한 근거 하나가 사라졌기 때문일까.

아무리 생각해 봐도 나는 게임으로 인해 아무것도 잃고 있지 않았다. 게임은 내 생활에서 아주 소중한 한 부분이었고, 거의 유일하게 즐거운 일이었다. 그렇기 때문에 나는 학교에서 돌아오면 우선 숙제부터 다 해 놓고, 해야 할 그날치 공부를 다 끝내 놓은 다음에 자기 전에 마지막으로 게임을 했다. 맛있는 것, 너무 달콤해서 아껴 뒀다 먹고 싶은 것을 맨 마지막에 먹는 것과 같았다. 하루에 한 시간 이상 하지도, 눈이 피로해지지도, 햇빛이 부족하지도 않았다. 나는 나를 스스로 조절할 수 있었고, 게임에 끌려다니거나 사실은 하기 싫은데 관성이 되어 억지로 하고 있는 것도 아니었다. 게임 때문에 공부에 소홀해진 적도 없었다. 오히려 하도 엄마가 난리를 쳐 대서 한 달쯤 게임을 쉬었을 때 성적이 떨어진 적은 있었다.

"이것 봐, 엄마. 게임을 안 하니까 기분이 너무 나빠서 시험을 잘 볼 수가 없었어."

나는 그렇게 말했지만 엄마는 나를 잡아먹을 것처럼 노려볼 뿐이었다. 그러더니 아니나 다를까, 결국 캐삭빵이라는 말까지 나오고 말았다. 나는 온갖 방법을 동원해 엄마를 설득하려 했다. 〈날개〉는 청소년이 이용할 수 있게 허가된 안전하고 재미있는 게임이고 해롭지도 않다고 열심히 말했지만, 엄마는 어느 순간부터 내 말을 더 이상 들어 주지 않고 이렇게 말할 뿐이었다.

"그건 네 의견이고. 결정은 내가 하는 거야. 내가 네 엄마니까. 너는 내 딸이고, 나는 네 친구가 아니고 엄마라고!"

*

〈날개〉에서 내가 가장 좋아하는 장소는 별여울계곡 북쪽의 하늘고원이다. 지대가 높아 찾아오는 유저가 적은 그곳에서 나는 내 아름다운 하얀 용 '호빵이'와 단둘이 고즈넉한 밤의 풍경을 음미하곤 했다. 거대한 덩굴에 48시간 간격으로 피는 토닥토닥꽃을 따서 소중하게 모아 두었다가 호빵이에게 하나씩 먹여 주며 유대감이 올라가는 걸 보는 일도 좋았다.

어느 날 그곳에서 쉬고 있는 내 눈앞에 엄마가 나타났다. 나는 깜짝 놀라 내 캐릭터를 일으켰다. 곧바로 두 주먹을 불끈 쥐고 싸울 자세를 취했다.

"잠깐! 오해하지 마. 퀘스트 하러 왔을 뿐이니까."

거실 식탁에서 엄마가 육성으로 소리쳤다. 엄마는 조잡한 파란 날개를 접더니 고원을 분주하게 돌아다니며 퀘스트몹인 씩씩돼지를 찾아 머리를 쓰다듬기 시작했다. 나는 엄마에게 나를 때릴 의사가 없음을 확인하고 파티 신청을 했다. 뿔뿔이 흩어져 있는 데다 고원의 풀 색깔과 몸빛이 비슷해서 혼자라면 찾는 데 한참 걸렸을 씩씩돼지도 둘이

서 함께 쓰다듬으니 금세 다 쓰다듬을 수 있었다.

  [파티][ucantbu] 고맙다. 덕분에 50마리 금방 했네.
  [파티][ggoolbbang] 이거 연퀘야. 다음 퀘도 같이 해 줘?

엄마는 잠시 망설이더니 대답했다.

  [파티][ucantbu] 아니, 괜찮아.
  [파티][ggoolbbang] 진짜?
  [파티][ucantbu] 내가 무슨 퀘를 하고 있는지는 알고 느끼면서 하고 싶거든. 옛날에 게임할 때 제일 싫은 게 그거였다? 남자 친구가 나를 파티에 마음대로 넣어 버리는 거. 걔가 나 데리고 정신없이 뛰어다니면서 내 퀘를 다 완료해 버리는 게 싫었어. 나는 정말 스스로, 내 힘으로, 천천히 음미하면서 하고 싶었거든? 그렇게 해서 대체 무슨 퀘를 한 건지도 모르는 채 확확 지나가 버리는 게 너무 허무하더라고.
  [파티][ggoolbbang] ㅇㅇ 알았음.

엄마의 주체성을 존중해 주기 위해 나는 파티를 끊었다.

순간 세월이 빠르다는 생각이 들었다. 게임할 땐 언제나 엄마가 내 퀘스트를 도와줬는데, 어느새 내가 엄마를 도와주고, 엄마는 또 그게 필요 없다고 하고 있었다. 내가 큰 걸까, 엄마가 자란 걸까.

사실 예전부터 느끼던 게 하나 있었다. 내가 보기에도 엄마는 제법 희한하게 게임을 했다. 엄마는 무슨 게임을 하든 퀘스트나 아이템이나 레벨 업이나 돈 모으기가 아니라 대체로 산책에 관심이 있었다. 컴퓨터 그래픽으로 만든 노을이 비치는 황금빛 들판, 나무들이 이파리마다 아침 이슬을 매달고 있는 숲, 성채와 요새 같은 건축물 풍경을 진심으로 좋아해서, 그것들을 천천히 바라보며 걸어 다녔고, 몇 군데는 반복적으로 찾아가기도 했다.

음미. 음미하는 걸 좋아하는 사람이었다, 엄마는.

엄마는 공식 사이트에도 그 어디에도 설명되어 있지 않은 이상한 동물과 광물들을 수집했다. 마을에서 보석을 세공하고 장화를 수선하고 철을 제련하고 요리를 하는 걸 좋아했다. NPC에게 말을 걸고 인사를 하고 쓸데없이 버프도 걸어 주었다. 맵 바깥으로 통하는 버그 지점을 한동안 찾아다니기도 했다. 모르는 땅을 기웃대다가 까마득히 고레벨인 몹들을 만나 혼비백산해서 달아나던 엄마 캐릭터와, 깔깔 웃으며 즐거워하던 엄마의 얼굴이 기억난다. 내가 하늘고원에 올라와 아무것도 하지 않고 시간 보내기를 좋아하는 것과 비슷했다.

[ggoolbbang] 그 남자 친구가 아빠야?
[ucantbu] 아니. 네 아빠는 게임 같은 거 안 하잖니.
[ggoolbbang] 그럼 그 남자는 지금 어딨어?
[ucantbu] 글쎄? 알 게 뭐야. 어디선가 뻔하고 재미없게 살고 있겠지. 레벨만 정신없이 올리면서.
[ggoolbbang] 나 화장실.

나는 내 캐릭터를 호빵이의 등에 태워 안전한 곳에 데려다 놓고 화장실에 다녀왔다. 다녀오면서 식탁에 노트북을 펴고 앉아 바삐 손을 움직이는 엄마를 쳐다보았다. 멧돼지처럼도 들소처럼도 생겼지만 실은 늑대 인간 종족인 엄마의 캐릭터는 굽은 허리로 열심히 다음 퀘템인 둥글꽃을 캐고 있었다. 엄마 어깨에 나도 모르게 손을 얹자 엄마가 흠칫 놀라며 돌아보았다.

"왜?"

"갑자기 궁금해졌어. 엄마는 왜 게임에서 항상 비인간 종족만 선택해?"

"어?"

"항상 그렇잖아. 인간 대 좀비 게임에선 엄만 좀비를 골라. 인간이랑 흡혈귀가 있으면 흡혈귀를 선택하고, 인간이랑 로봇 중에서 골라야 하면 로봇을 골라. 북극곰, 펭귄, 외계 곤충, 설인, 켄타우로스, 오크, 코볼트, 트롤, 하프엘프, 지금은 늑대 인간……. 아무튼 엄마가 인간을 고르는 걸 못 봤어."

"그럼 넌 왜 만날 인간을 선택하는데?"

나는 잠깐 생각해 봤지만 아무래도 특별한 이유를 찾아낼 수 없어서, 글쎄, 그냥 내가 인간이니까? 하고 대답했다. 엄마는 잠시 나를 보다가 생각에 잠긴 표정으로 말을 이었다.

"나한테는, 내가 일반적인 인간 축에 못 낀다는 생각이 늘 있었던 것 같아. 어딘가 이상하고, 좀 별스럽고, 정상적인 사람들의 테두리에서는 살짝 벗어난 사람이라고 생각하면서 살았어. 그래서 네가 날 닮을까 봐 겁이 났어. 태권도

도장에도, 그 어느 학원에도 다니지 않겠다고 선언하고서 네가 오직 게임만 들입다 파기 시작했을 때…… 정말 큰일이 났구나 싶었지. 그때 억지로라도 못 하게 했어야 했는데."

"엄마."

나는 참지 못하고 말했다.

"응?"

"엄마는 그래서 큰일이 났어? 뭐가 그렇게 큰일이 났는데? 뻔하고 재미없게 사는 대신, 엄마는 대학생 때부터 게임 덕후여서 게임도 하고 온라인으로 친구들도 많이 만나면서 완전 재밌게 살았다 그랬잖아. 그리고 지금은 아빠 만나서 나 낳고 잘 살고 있잖아. 레벨만 올리려고 뛰어다니는 게 뻔하고 재미없다며. 그게 엄마잖아……. 그런데 지금은 생각이 바뀐 거야? 왜 그렇게 안절부절못하면서 불안해해? 그리고 왜 그 불안을 나도 느껴야 한다고 생각해?"

엄마의 안경 속에서 두 눈이 동그래졌다. 아주 심란해하는 표정으로 변했다.

"하지만…… 얘, 너는 정말 아무렇지도 않아? 다른 애들, 네 친구들은 전부 다 학원도 과외도 몇 개씩 하잖아. 꼭 공부만, 성적만 갖고 얘기하는 게 아니야. 엄마는 젊은 시절에 너무 어리석을 정도로 엄마의 어떤 부분들을 돌보지도 않고, 신경도 안 쓰고 그냥 내버려 뒀어. 끄집어내서 갈고 닦고 빛을 냈으면 달랐을 텐데. 균형을 맞추는 방법을 몰랐어. 그래서 지금껏 악기도 하나 다룰 줄 모르고, 스케이트도 탈 줄 모르고, 그림을 그릴 때 음영을 어떻게 넣는지도 모른다고. 너는 그러지 않았으면 좋겠어. 네가 뭘 잘하는지, 뭘 잘 못하는지, 좀 더 잘 알아보고 연구도 해 보고, 확실하게 다 살펴보고, 할 수 있는 건 다 해 봤으면 좋겠어. 엄마처럼 쓸데없이 게임 한 가지만 하면서 현실 도피만 하고 허송세월하지 말고."

"엄마, 나 이제 겨우 중학교 1학년이야!"

나는 화가 나서 소리쳤다. 다른 애들이 뭘 어떻게 하건 무슨 상관인가. 어차피 난 걔들을 전부 다 밟고 올라서서 1등이 될 수 없고 그러고 싶지도 않았다. 이것도 저것도 잘하는 애 또한 될 수 없었다. 나도 다 알았다. 아무튼 우리는 좋아하는 것이든 좋아하지 않는 것이든 미친 듯 경쟁하면서 끝도 없이 허덕거리다가 결국 원하는 곳에는 도달하지 못하게 될 텐데 그건 우리의 노력이 모자라서겠지? 식상한 저주와 협박의 말들. 너무 많이 들어서 이제 그런 말들에도 아무 감흥이 일지 않았다.

"현실 도피라고 그러는데, 엄마도 알잖아? 게임 속에도 현실이 있어. 최강템 맞춰 입고 던전에서 최고 보스몹 잡고, 보상으로 엄청 좋은 거 받고 명예의 전당 올라가고 팔로워 늘고. 다른 사람들 앞에서 으스대고. 게임 밖이랑 다를 게 뭐야. 똑같잖아. 어디로 어떻게 도피를 해. 어차피 도망갈 수도 없고 놀아도 진심으로 놀 수가 없는데."

엄마가 한숨을 쉬었다. 하지만 나는 참지 못하고 계속 말했다.

"내가 미술에 소질이 있으면? 곧바로 예고 입시 준비하게 되겠지. 아니야? 엄청난 돈 들여서, 없으면 어디서 빌려 오기라도 해서, 죽도록 그림 연습만 시킬 거잖아. 내가 태권도를 잘하면? 올림픽 나갈 때까지 들들 볶아 댈 거잖아. 하나도 안 즐겁게 말이야. 근데 난 그런 거에 관심 없어, 엄마! 그렇게 특별한 애도 아니고, 그냥 숨 좀 쉬면서 보통으로 살고 싶다고. 나는 게임을 좋아하는 애고, 아무 목적도 없이, 하루에 딱 한 시간만, 내가 좋아하는 걸 방해받지 않고 하면서 쉬고 싶다고. 그게 보장 안 되면 난 정말 죽을 것 같다고!"

"너는 잘 모르겠지만."

엄마가 겨우 숨을 고르며 말했다.

"엄마 세대랑 그보다 나이 많은 어른들이 세상을 완전히 망쳐 놔서, 그래, 그걸 못 막아서 정말 미안하긴 한데 말이다, 이제 그렇게 마음 놓고 태평하게 살면 절대 보통으로 살 수 없고 완전히 밀려나는 무서운 세상이 돼 버렸단 말이야. 알겠어? 밀려난다고. 바깥으로. 밑바닥으로."

"엄마."

나는 엄마의 얼굴을 똑바로 보며 말했다.

"밀려나는 거, 나는 안 무서워."

엄마의 두 눈은 더욱더 동그래졌다. 나는 슬펐다. 엄마가 나를 믿지 못하는 것처럼 보여서였다. 실망스럽기도 했다. 내가 좋아하던 엄마가 거의 다 사라져 가고 있는 것 같았다.

*

나는 근성의 수박주스를 만들어 쟁이기 시작했다. 체력을 두 배로 올려 주는 강인함의 머리띠도, 상대의 공격 적중률을 떨어뜨리는 불운의 오일도 열심히 만들어 저장했다.

〈날개〉에서 PvP는 대체로 '용 뺏기'를 뜻한다. 상대가 탄 용 위로 뛰어올라 육탄전을 벌여서 원래의 주인을 밀어 떨어뜨리고 용의 정신을 장악하는 데 성공하면 신호가 울리면서 승수가 올라간다. 방어하는 쪽에서는 고삐나 끈이나 다른 아무 도구도 없이 날고 있는 용의 등 위에 똑바로 서서 도전자의 공격을 막아 내야 하는데, 이건 말처럼 쉬운 일은 아니다. 흔들리거나 떨어지지 않으려면 용과 주인이 정신력으로 서로의 몸을 굳게 붙들어야 한다. 그러려면 용의 정신력을 '수호자' 모드에 맞추고 용과 주인 모두의 체력과 정신력이 떨어지지 않게 버텨야 한다.

엄마 캐릭터를 조회해 보니 54레벨에 도달해 있었다. 엄마치고는 제법 빠른 속도였다. 음미와 산책을 좋아하던 엄마가 난생처음 한눈팔지 않고 레벨 업을 하고 있는데 그게 내가 게임하는 걸 막기 위해서라니. 엄마가 그렇게 나온다면 나도 인정사정 봐줄 수가 없게 됐다.

겨울 방학이 끝나는 날이 왔다. 방학이 끝나는 걸 섭섭해하는 아이들의 모임이 급하게 결성되었다. 분식집에서 만나 맛있는 걸 실컷 먹은 뒤 선경이, 미르, 재인이는 같이 영화를 보러 간다고 했지만 나는 그냥 집으로 왔다. 혹시나 약속 시간에 늦어 엄마가 이상한 룰을 적용시켜 마음대로 내 캐릭터를 지워 버리면 어쩐단 말인가.

밤 여덟 시 오십 분. 엄마가 있는 거실 식탁 쪽에서 익숙한 BGM이 들려왔다. 마음을 단단히 먹고 내 방에서 〈날개〉에 접속했다.

얼음파랑절벽에 이르러 허공으로 얼마나 올라갔을까. 갑자기 호빵이의 몸이 한쪽으로 기울며 체력이 쭉쭉 줄어들기 시작했다. 엄만가 했는데, 뒤를 돌아보니 녹색 용을 탄 웬 고블린 하나가 호빵이의 오른쪽 날개에 부패 마법을 걸고 있었다. 대체 뭐람! 호빵이의 얼음숨결로 단번에 얼려 보내 버렸다고 생각한 순간, 이번에는 왼쪽에서 붉은 용을 탄 세 마리가 더 접근해 왔다. 그리고 그 순간 내 눈앞, 호빵이의 목덜미께에 파란 날개를 단 엄마가 뚝 떨어졌다. 송곳니를 드러낸 엄마의 늑대 인간은 곧바로 내게 다가와 멱살을 잡으려고 손톱 긴 두 손을 휘둘러 댔다.

[ggoolbbang] 잠깐만!
[ggoolbbang] 뒤에 고블린
[ucantbu] 쟤네 뭐야?

[ggoolbbang] 몰라 나도

 정신을 차려 보니 우리를 공격하는 무리는 일곱인가 여덟로 늘어나 있었다. 고블린 사이에 트롤과 켄타우로스가 섞여 있었다. 왼쪽에서, 오른쪽에서, 계속 저주 공격이 들어왔다. 나는 호빵이에게 눈폭풍을 토해 내게 하면서 있는 힘을 다해 호빵이를 치유하는 데 집중했다. 욕설이 입에서 튀어나오기 일보 직전이었다.
 갑자기 호빵이의 몸이, 그리고 엄마와 나 모두가, 커다란 은청색 구에 감싸였다. 엄마가 늑대 인간 종족 특성 '달의 보호막'을 가동한 것이었다. 그제야 생각이 났다. 하얀 용을 타고 다니는 인간족 여성만 골라 공격하는 일종의 테러가 이 서버에서 유행하고 있다는 소문을 얼마 전에 들었던 일이. 엄마에게 그렇게 말하자 엄마는 거실에서 소리쳤다.
 "뭐 그런 변태 같은 놈들이 다 있냐? 저놈들 때문에 캐삭빵도 못 하겠네."
 가동된 달의 보호막을 계속 유지하기 위해서는 뭔가 복잡한 컨트롤이 필요한 듯했다.
 "저주의, 수용. 더 큰 힘에의, 동화, 그 담에…… 달빛의,

끈기! 그리고 운명의, 혼연일체……!"

다다다다, 엄마가 키보드를 마구 두드려 대는 소리가 들려왔다. 엄마가 너무 애쓰고 있어서 내 입에서는 웃음이 실실 배어 나왔다.

나는 엄마와 싸우는 데 쓰려고 준비해 두었던 모든 재료를 호빵이의 치유에 쏟아부었고, 내가 이 아름다운 하얀 용을 타게 된 뒤로 한 번도 써 보지 않은 최강 스킬, '그 모든 비늘의 영원한 분노'를 폭발시켰다.

쓰아아아악.

우리를 성가시게 괴롭히던 녀석들이 모두 허공에 뜬 채 새하얀 뼈만 남았고, 줄줄이 밑으로 뚝뚝 떨어져 내렸다.

"오오, 멋진데?"

엄마가 소리쳤다. 상황이 정리된 다음 안전한 곳으로 이동하고 보니, 뜻밖의 불청객들 때문에 우리는 둘 다 에너지를 바닥까지 써 버린 상태였다. 결투를 하려면 건강을 회복하고 각종 재료를 다시 준비하고 전열을 가다듬은 다음에 해야 할 것 같았다. 나는 엄마에게 그렇게 말했다.

[ucantbu] 싫어, 그냥 지금 해. 이대로.

[ggoolbbang] 진짜? 후회 안 하겠어?

[ucantbu] 당연하지.

　엄마는 아무래도 빨리 모든 걸 끝내 버리고 싶은 모양이었다. 그래? 그럼 할 수 없지. 나는 다시 호빵이를 하늘에 띄웠다. 엄마의 늑대 인간은 수박주스 한 병을 마시고 체력을 손톱만큼 회복한 뒤 나를 공격하려고 다가오는 중이었다.

　그 늑대 인간 턱에 나는 정통으로 어퍼컷을 날렸다.

　미안, 엄마.

　엄마는 그대로 공중을 날아가 밑으로 떨어지고 말았다. 호빵이의 상태가 '안전'으로 되돌아왔고 결투 모드가 풀리면서 나에게 결투 승수 1이 추가되었다.

　"엄마."

　나는 거실로 나가 식탁에 머리를 대고 엎드려 있는 엄마를 향해 말했다.

　"달의 보호막 진짜 멋있었어."

　엄마는 엎드린 자세로 일어날 생각을 하지 않았다. 울고 있는 걸까. 나는 그냥 하고 싶은 말을 하기로 했다.

　"엄마가 뭘 걱정하는지 알아. 엄마는 내가 세상에서 힘없고 약해져서 아까처럼 이상한 애들한테 공격받을까 봐 겁나는 거지? 그런데 엄마, 나는 내가 뭘 해야 되는지 알아. 모르는 게 아니라고. 레벨 업 하는 게 지겹고 귀찮았는데, 용이란 걸 꼭 타 보고 싶어서 55레벨까지 꾹 참고 노가다 뛰면서 올렸어. 호빵이처럼 생긴 하얗고 눈부신 용을 꼭 갖고 싶었다고. 원하는 걸 얻으려면 하기 싫은 것도 참고 해야 한다는 거, 나도 알아, 엄마."

엄마가 그제야 고개를 들고 나를 보았다.

"엄마 눈에 내가 흔들리지 않고 태평해 보인다면, 그건 내가 잘못되어서나 세상 물정을 잘 몰라서가 아니고, 엄마가 내 말을 잘 들어 주고, 오랫동안 내 친구가 돼 줘서, 그 힘으로 내가 단단해진 거라고 생각해 줄 수는 없어? 공부에 방해되지 않게 잘 조절해 가면서 할게. 어렵겠다 싶으면 하루에 삼십 분으로 줄이고, 그만둬야겠다 생각되면 내가 그때 가서 그만둘게. 하지만 아직은 아니야. 나는 엄마가 나를 좀 믿어 줬으면 좋겠어. 그리고…… 엄마도 나랑 같이 〈날개〉 계속했으면 좋겠어, 나는."

"뭐?"

"엄마도 엄마만의 용을 가져 봐. 엄마만의 용을 타고 날아 보라고. 자기 용 등에 두 다리로 똑바로 버티고 서서 바람을 맞으면서 날아다니다 보면…… 자기가 그걸 할 수 있다는 걸 알게 되면, 그러면 기분이 정말 좋아. 그렇게 한참 있다 보면 불안하지 않게 될지도 모르잖아?"

그렇게 되면 엄마는 더 이상 자신의 불안을 내게 밀어 넣지 않을 것이다, 나는 생각했다. 다른 부모들이 자식들에게 시키는 일들을 내게 똑같이 시키려 들지도 않을 것이고, 자기 자신이 되는 법도 생각하는 법도 잊어버린 채 팔랑귀가 되어 남들이 사는 대로 따라 살려고 이리저리 휘둘리는 일도 그만둘 것이다. 이 세상엔 그렇게 하면서 자기 자신을 망치고 아이들의 삶까지 망쳐 버리는 사람들이 너무나 많았다. 모두 자기만의 용이 없는 사람들이었다. 아니, 옛날에는 있었을지도 모른다. 그러나 그들은 어딘가에서 자기만의 용을 잃어버린 것이다. 놓쳐 버려서 그렇게 무서워하며 벌벌 떠는 것이다. 그들이 측은하다는 생각이 들었다.

나는 미성숙한 엄마가 여전히 조금 실망스러웠지만, 어쩌겠나. 내가 엄마보다 강하고 단단하고 훌륭하다면 그건 엄마가 나를 있는 힘껏 사랑해 주었기 때문이다. 엄마가 나를 사랑한다는 걸 나는 잘 알았다. 엄마는 단지 조금 약하고 어리숙하고 자신감이 없는 사람일 뿐이었다.

"⋯⋯나 캐릭터 안 지워도 되니, 그럼?"

내가 고개를 끄덕이자 엄마는 하지만 너⋯⋯ 하고 뭐라 말을 보태려다 입을 다물었다. 엄마의 얼굴이 붉었다. 잔소리를 더 했다간 내 마음이 바뀔 거라고 생각한 듯했다.

철없는 엄마를 보며 나는 웃었다. 어이가 없었다. 내가 잘하고 있는 걸까, 지금. 그렇지만 나는 엄마가 그렇게 순수하게 기뻐하는 것을 너무 오랜만에 봤다.

이 세상이 어떤 곳인지 나도 정확히는 모른다. 어쩌면 엄마의 말이 사실은 맞는지도 모르겠다. 엄마와 나, 우리는 세상의 중심에서 밀려나 어딘가로 계속 밀려가고 있는 중인지도 모르겠다. 언젠가는 엄마보다 내가 더 불안에 시달리게 될지도 모르겠다. 세상에 영원한 건 없는 법이니까. 하지만 아직은 괜찮다고 나는 생각했다. 아직은, 적어도 나는 흔들리지 않을 자신이 있다. 내 용의 등에서 떨어지지 않을 자신이 있다.

나는 방으로 돌아왔다. 동굴로 돌아와 상처투성이가 된 호빵이의 날개를 향해 치유의 주문을 천천히 읊조리기 시작했다.

천사는 죽었지만 죽지 않았다 · 박현숙

할아버지가 세상을 떠났다.

"폐지 모은 거 남아 있다. 팔아서 요긴하게 쓰도록 하고 천사도 잘 돌봐 주고. 그리고 찬수야, 내가 죽으면 너는 아빠한테로 가라. 그리고 제발 말썽은 그만 부리고. 할애비는 안다. 누가 뭐래도 네가 얼마나 착한 놈인지."

할아버지가 마지막으로 남긴 말이다. 그깟 폐지 다 팔아 봤자 얼마나 된다고, 할아버지는 세상을 떠나면서도 폐지 줍던 노인에서 자유롭지 못했다. 나는 할아버지가 세상을 떠났다는 사실만큼 그것도 슬펐다.

- 할아버지가 돌아가셨어요.

나는 할아버지 휴대폰에 저장된 아빠 휴대폰 번호로 문자를 보냈다. 도와주는 사회 복지사가 있었지만 혼자서는 할아버지의 죽음을 감당할 수가 없었다. 문자를 보내고 나서도 한참 동안 답이 없었다. 혹시라도 전화번호가 바뀐 거는 아닌지 걱정이 되었다. 한 시간 정도 뒤에 전화벨이 울렸다.

"여보세요."

"누구…… 찬수니?"

9년 만에 들어 보는 목소리였지만 나는 아빠 목소리를 단박에 알아들을 수 있었다. 아빠는 곧 오겠다는 말을 남기고 전화를 끊었다.

병원 입구에 서서 목 빠지게 아빠를 기다렸다. 곧 오겠다고 했지만 안 오면 어쩌나 불안했다. 내가 아빠를 이렇게 간절하게 기다린 것은 그날 이후 처음이었다.

그날 나는 대문 앞에 서서 새벽까지 아빠가 다시 돌아오기를 기다렸었다. 잡동사니로 발 디딜 틈 없이 지저분한 할아버지의 집에는 습하고도 어두운 낯선 냄새가 났었다. 그곳에서 나는 단 하루도 살고 싶지 않았다. 여덟 살짜리 아들을 혼자 사는 아버지에게 맡기고 매몰차게 대문을 나섰던 아빠는 끝내 돌아오지 않았다.

그 새벽, 산동네에는 별빛이 하얗게 쏟아져 내렸고 별빛이 쏟아져 내린 내 머리 위로 밤이슬이 차곡차곡 쌓여 갔다. 별빛은 밤이슬 안으로 흔적 없이 녹아들었고 내 머리카락은 축축해졌다. 나는 온몸이 덜덜 떨릴 정도의 한기를 느끼며 기다림을 포기한 채 습하고 어두운 냄새 안으로 들어갔다. 그날 그 냄새를 이불 삼아 덮고 자며 결심했다. 절대로 아빠를 기다리지 않겠다고. 죽어도 기다리지 않겠다고.

아빠는 내가 두 살 때 엄마와 이혼을 했고 내가 여덟 살 되던 해 새로운 사랑을 선택했다. 아빠의 사랑이 나를 원하지 않았고 아빠는 아빠의 사랑이 원하지 않는 나를 버렸다. 아빠는 그 뒤로 단 한 번도 할아버지 집에 찾아오지 않았다.

"아빠가 안 궁금하나?"

할아버지는 가끔 내 마음을 떠보듯 이렇게 물었었다. 그럴 때마다 나는 짜증을 부렸고 할아버지의 물음은 조금씩 횟수가 줄어들더니 어느 날부터인가는 아예 없어졌다.

"많이 컸네."

9년 만에 만난 아빠는 무덤덤한 표정으로 나를 바라봤다. 아빠는 나를 버리고 갔던 그날 그대로의 모습이었다. 아니, 도리어 젊어진 듯했다. 이마며 콧방울에 흐르는 윤기는 그동안 아빠의 삶이 얼마나 윤택했는지 짐작할 수 있게 했다. 폭삭 늙었기를 바란 거는 아니지만 실망을 넘어서 배신감이 느껴졌다.

할아버지는 시간을 먹으며 늙고 병들었다. 늙고 병들어도 결코 손에서 놓을 수 없었던 먹고사는 문제 때문에 더 늙어 갔고 병은 깊어 갔다. 늙고 병든 할아버지 몸은 건강

한 사람보다 시간을 두 배로 빨리 먹었다. 주름이 늘어나는 속도는 하루하루가 달랐고 굽어지는 허리는 아침과 저녁이 달랐다. 아침에 들었던 폐지 묶음을 저녁에는 들지 못했다. 할아버지는 한 묶음도 채 되지 않는 폐지를 들어 올리다 쓰러졌고 세상을 등졌다.

 나는 시간을 먹으며 습하고도 어두운 냄새에 익숙해졌다. 나는 내 몸 구석구석에 배는 그 냄새에서 영원히 벗어날 수 없을 거라는 생각을 시시때때로 했다. 그 생각은 가끔 절망으로 다가오기도 했다. 그런데 아빠는 할아버지와 나하고는 전혀 다른 세상을 살고 있었다는 말이다.

 아빠는 할아버지가 어쩌다가 그렇게 되었는지 묻지 않았다. 묻지 않으니 굳이 말하고 싶지 않았다.

 아빠 앞에 서서 장례식장으로 향하는 계단을 내려가는데 휴대폰 문자음이 울렸다. 동물 병원이었다.

 – 천사가 무지개다리를 건넜습니다.

 문자를 보는 순간 무거운 망치로 뒤통수를 세게 얻어맞은 기분이었다. 나는 다시 한 번 문자를 확인했다. 분명 천사가 죽었다는 문자였다.

아빠는 울지 않았다. 묵묵히 향을 피우고 할아버지 영정을 향해 절을 두 번 올렸다.

"잠깐 다녀올 데가 있어요."

"어딜?"

아빠가 반질반질 빛나는 미간을 찌푸렸다. 아빠의 미간 위로 거칠고 굵은 주름이 잡혔던 할아버지 미간이 겹쳤다. 꽤 잘 사셨나 봐요, 아버지 버리고 아들 버리고. 나는 아빠 말에 대답하지 않고 돌아섰다.

"어디 가는지 대답 안 해?"

"저 원래 대답 같은 거 잘 안 해요."

9년 동안 연락 한 번 하지 않고 살았으니 당연히 모르겠지. 잘 모르는 거 같아서 한마디 했다.

천사는 종이 상자 안에 누워 있었다. 살아 있을 때보다 더 작고 더 말라 보였다. 죽으면서 고통스러웠던 걸까? 눈물 자국이 넓고도 짙었다.

"나아지고 있었는데 안타까워요."

수의사는 컴퓨터 화면을 가리키며 말했다. 천사의 작은 몸 안에 자리 잡고 있는 내장들 상태가 숫자로 나타나 있었다.

"봐도 모르겠어요."

어차피 천사는 죽었다. 무슨 수치, 무슨 수치 하는 숫자를 보고 수의사와 머리를 맞대고 천사의 죽음에 대해 파고든다고 해서 천사가 살아 돌아오는 거는 아니다.

"어떻게 해야 해요?"

지금 가장 중요한 것은 종이 상자 안에 누워 있는 천사를 어떻게 하느냐는 거다.

"거기 상자에 반려동물 화장장 전화번호가 있지요? 그리 전화하세요."

나는 할아버지 계좌에서 동물 병원 계좌로 병원비를 이체한 다음 천사가 누워 있는 종이 상자를 들고 동물 병원에서 나왔다. 할아버지의 죽음을 혼자서는 감당할 수 없는 거처럼 천사의 죽음도 그랬다. 할아버지는 천사를 잘 돌봐 주라고 유언을 남겼다. 천사가 죽을 줄은 꿈에도 몰랐던 거다. 나는 서훈이에게 전화를 했다.

"천사가 죽었다고? 헐. 니네 할아버지 되게 슬퍼하시겠다."

"지금 반려동물 화장장에 가야 하는데 너도 같이 가자."

"개도 화장시키냐? 아, 텔레비전에서 보니까 그렇긴 하더라. 할아버지랑 같이 안 가?"

할아버지라는 말에 울컥했다. 나는 쨍한 하늘을 바라봤다. 천 갈래 만 갈래 찢어져서 흩어져 내리는 오후 햇빛이 오늘따라 더 쨍했다. 눈을 찡그리는데 눈물이 쏟아졌다.

"할아버지 돌아가셨다. 오늘 아침에."

"……너 더위 처먹었냐? 뭔 헛소리야? 좀 전에는 천사가 죽었다며?"

나도 더위 처먹어서 헛소리하는 거면 좋겠다. 이게 다 저 햇빛 때문이고 더위 때문이면 좋겠다.

"천사도 죽고 할아버지도 돌아가셨다."

나는 그만 엉엉 울고 말았다.

서훈이는 곧 오겠다고 했다. 나는 동물 병원 건너편에 있는 공원에서 서훈이를 기다렸다.

천사는 한 달 전 할아버지가 안고 들어온 늙은 개다. 안쓰러울 정도로 작고 비쩍 말랐었다. 길고 엉킨 털로도 나이를 감추지 못할 만큼 늙은 천사는 할아버지 품에 안겨 잔뜩 겁먹은 눈망울로 나를 바라봤었다.

"며칠 전부터 저기 다리 아래에서 떠돌고 있더라. 누가 버리고 간 거 같아. 선뜻 데려오지 못하고 그냥 두고 봤는데 오늘 보니 어디가 많이 아픈 거 같아서 데리고 왔다. 먹을 걸 주면 허겁지겁 먹었는데 오늘은 통 안 먹어서 말이야. 사람이고 동물이고 아프면 먹는 것부터 내치는 법이거든."

"아픈 개를 왜 데리고 와요? 병원 데리고 갈 돈이나 있어요?"

"누가 병원 데리고 간다고 했냐? 병원에 못 가도 이렇게 그냥 옆에 있어 주겠다는 거지."

할아버지는 따뜻한 수건으로 천사 털을 닦아 주고 방구석 한편을 내주었다. 하지만 병원에 데리고 가지 않을 거라던 할아버지 마음은 얼마 지나지 않아 흔들렸다. 아무것도 먹지 않는 것은 두 번째 문제였다. 잠을 자려고 누우면 캄캄한 방 안이 천사의 가쁜 숨소리로 가득 찼다. 가만히 듣고 있으면 내가 숨이 막혀 죽을 지경이었다. 결국 할아버지는 천사를 안고 동물 병원으로 갔다. 천사는 심장이 안 좋다고 했다. 숨이 가빠지면 수시로 입원해서 산소 방에서 치료를 받아야 한다고 했다. 최악의 경우 폐에 물이 차는 합병증이 발생할 수도 있다고 했다.

할아버지는 천사를 살리고 싶어 했다. 나는 천사를 살리고 싶다는 마음보다 한밤중에 숨이 넘어갈 듯 헐떡거리는 소리를 듣고 싶지 않았다. 어디서 굴러 들어온 개 때문에 잠을 설치고 싶지 않았다. 하지만 문제는 돈이었다. 할아버지는 돈이 없었다. 나도 돈이 없었다.

"도로 그 자리에 버려요. 잠도 못 자고 피곤해 죽겠다고요."

나는 수시로 투덜댔다.

어느 날 밤, 나는 천사를 안고 울고 있는 할아버지를 봤다. 숨을 제대로 못 쉬고 있는 천사와 함께 할아버지도 가쁜 숨을 내뱉고 있었다.

나는 그 이야기를 서훈이에게 했고 서훈이는 민지에게 의논했다. 민지는 서훈이와 120일째 사귀고 있는 아이인데 얼마 전부터 수의사라는 꿈을 갖게 되었다. 하지만 현재로 봐서 꿈을 이룰 확률은 거의 제로에 가깝다. 민지는 공부를 지독스럽게도 못한다. 매일 막대 사탕을 입에 물고 다니는 약간 맹한 축에 속하는 아이이기도 하다.

며칠 뒤 민지는 희소식 하나를 들고 왔다. 민지 친구가 가입한 카페에 도움을 청해 보자는 거였다. 동물을 사랑하는 사람들이 모인 카페라고 했다. 네 명은 의논 결과, 카페에 도와 달라는 글을 올리기로 했다. 그 글은 네 명 중에 그나마 제일 상태가 나은 것 같은 민지 친구가 쓰고 내 아이디로 카페에 올리되 글을 올린 사람은 할아버지로 하기로 했다. 77세의 할아버지가 눈물로 도움을 요청한다면 더 간절해 보일 수 있을 거 같았다. 닉네임은 '검정장화'였다.

    닉네임 : 검정장화
    버려진 채 길거리를 떠돌다 병든 늙은 개가 심장병으로 죽어 가고 있습니다. 제가 늙고 벌이도 없다 보니 병원비가 문제입니다. 도와주세요. 이대로 죽게 두는 것은 너무 마음이 아프네요.

민지 친구의 글은 탁월하지는 않았지만 '늙은'이라는 말이 두 번이나 들어가서 그런지 간절하고 절박해 보였다. 글을 올리고 나자 금세 댓글이 달렸다.

    ㄴ 사진을 보여 주세요.
    ㄴ 병원 진단 결과도 보여 주심 더 좋겠어요.
    ㄴ 구조하신 분이 나이가 많으신가 봐요. 그냥 맡기고 사라지는 무책임한 행동은 하지 않으실 거죠? 그런 분들이 많아서요.

나는 천사 사진을 찍어 올렸다. 그리고 망설이다 천사를 안고 있는 할아버지 뒷모습도 찍어 올렸다.

동정과 안타까움 그리고 의심의 댓글로 카페 분위기는 뜨거워졌다. 도와주자, 아니다, 이러고 나서 구조자는 사라지는 일이 숱하게 많았지 않느냐, 지난달에만 해도 세 번이나 그런 일이 있었다, 글만 올리면 구해 준다는 소문이 나서 도와 달라는 일이 너무 흔하게 올라오고 있다, 신중하게 대처하자, 등등.

   닉네임 : 검정장화
   숨을 못 쉬는데 어떻게 해야 하나요?

다시 글을 올렸다.

개인적으로 도와주자는 사람들이 단톡방을 만들자고 했다. 그리고 천사의 상황을 공유하기로 하며 병원비를 모으기 시작했다. 단톡방에 들어오는 사람들이 늘어났고 단 며칠 만에 280만 원의 병원비가 모아졌다.

나는 성실하게 검정장화의 역할을 했다.

나는 천사 사진을 수시로 찍어 단톡방에 올렸다. 그리고 수의사의 말과 검사 결과도 올렸다.

 간식을 먹을 수 있으면 간식을 먹이라고, 습식 사료를 먹어야 하면 영양가 높은 거로 사 먹이라며 할아버지 계좌에는 후원금이 더 쌓여 갔다.

 "요즘에도 그렇게 마음이 따뜻한 사람들이 있어? 아이고야, 정말 고마운 사람들이구나. 찬수 너는 절대 그 사람들의 은혜를 잊으면 안 된다. 알았지? 그리고 나중에 갚을 형편이 되면 갚고 말이다."

 할아버지는 감격스러워했다. 내가 왜 그 은혜를 잊으면 안 되는지 어이가 없었다. 내 병원비를 대 준 것도 아닌데 말이다. 뭐, 잠은 푹 잘 수 있게 되었으니 그건 고마웠다.

 나는 후원금을 받는 할아버지 계좌를 확인했다. 잔고는 172만 원이었다. 반려동물 장례식장 사이트에 들어가 장례비를 알아봤다. 체중을 볼 때 20만 원 남짓이면 될 거 같았다. 그러면 152만 원이 남는다.

 그때 서훈이가 민지와 함께 나타났다. 민지 친구도 함께 왔다.

 "찬수 너는 할아버지 장례식장에 가라. 여기는 나한테 맡기고. 내가 천사 화장장에 다녀올게."

"그래. 화장장이야 우리가 다녀오면 되는 거지."

민지는 오늘도 막대 사탕을 입에 물고 있었다.

"일단 단톡방에 천사의 죽음을 알려야 해."

민지 친구 말대로 종이 상자에 누워 있는 천사를 찍어 사진과 함께 글을 올렸다.

- 천사가 오늘 무지개다리를 건넜습니다.
- 어머! 어쩌다가요.
- 말도 안 돼. 나아지고 있다고 하지 않았나요?
- 아, 너무 슬퍼요.

금세 글들이 올라오기 시작했다.

- 반려동물 화장장에 다녀오도록 하겠습니다.
- 화장장에 가서도 소식 올려 주세요.

"내가 화장장에 가서 사진 찍어 찬수 너한테 보낼 테니까 단톡방에 올려. 어서 가라. 어떻게 같은 날 이런 일이 일어나냐."

 서훈이는 내 등을 밀었지만 나는 도저히 발이 떨어지지 않았다. 할아버지의 마지막 말이 자꾸 머릿속을 맴돌았다. 할아버지는 내가 천사를 데리고 화장장에 다녀오기를 바랄지도 모른다.

 나는 아빠에게 전화를 했다.

 "너 어디야?"

 아빠는 대뜸 소리부터 질렀다. 왜 나한테 소리를 지르느냐고 대들려다 참았다.

*

 무지막지한 비가 퍼부었다. 할아버지를 태운 차는 빗줄기를 뚫고 화장장으로 향했고 할아버지는 한 줌의 재가 되었다. 그리고 살아생전에는 낯부끄럽다면서 발길을 끊었던 고향의 뒷산 어느 나무 아래에 뿌려졌다.

 "어떻게 할래?"

 할아버지 고향에서 돌아오는 차 안에서 아빠가 물었다.

 "뭘요?"

"혼자 있을 수 있겠느냐는 말이다. 아무래도 그러긴 어려울 텐데."

뭐야, 저 뉘앙스는? 나는 아빠의 말투에서 데리고 가기 싫어 어쩔 줄 몰라 하는 느낌을 받았다. 데리고 간다고 해도 내가 싫은데 말이다.

"그냥 살던 대로 살아요. 앞으로 9년 뒤에 다시 한 번쯤 만나도 괜찮겠네요. 아니지, 9년 뒤에 뭐 하러 만나겠어요. 돌아가시면 연락 주세요, 그때 가 보든가. 내가 가는 게 싫으면 연락하지 않아도 상관없고요."

말을 하는데 가슴 중간에서 뜨거운 덩어리가 불쑥 올라왔다.

아빠는 나를 노려봤다. 마치 어제도 그제도 마주 보고 살던 사람이 잘못한 아들에게 야단치는 모습으로. 그런 모습이 뻔뻔스럽게 느껴졌다.

아빠는 집 안을 한 번 돌아본 다음 돌아갔다. 텅 빈 집 안에 혼자 앉아 코를 킁킁거렸다. 할아버지 냄새를 찾고 싶었다. 나는 한참을 할아버지 냄새를 찾아다니다 할아버지 이불을 덮고 또 한참을 울었다.

밤이 깊어서야 밥을 했다. 할아버지와 늘 마주 앉아 먹던

둥근 밥상에 혼자 앉아 밥을 먹었다.

할아버지는 세상을 떠났다.

천사도 죽었다.

그런데 나는 밥을 먹고 있었다.

밥을 먹고 나자 문득 152만 원이 떠올랐다. 나는 서훈이에게 전화를 했다.

"152만 원 어떻게 하지? 돌려주어야겠지? 어떻게 돌려주어야 하나?"

"돌려주기는 뭘 돌려줘? 어차피 천사를 위해 쓰라고 후원한 돈이잖아? 천사가 죽을 때까지 돌봐 줬으니까 그냥 네가 가져도 되는 돈이야. 그냥 단톡방에서 나와 버려. 단톡방 폭파시키면 되는 거지 뭘 그렇게 복잡하게 생각하냐? 온라인에서 만났는데 네가 누군지 알 수도 없을 테고 또 설마 그 돈 받아 내려고 신고까지 하겠냐? 다시 한 번 말하지만 검정장화는 천사가 죽을 때까지 돌봐 주고 화장까지 마무리해 주었어. 그 돈 먹는다고 욕할 사람 아무도 없다."

"야, 이 나쁜 놈아. 나보고 도둑놈이 되라고 그러는 거냐?"

"왜 화를 내고 그래? 그게 찬수 너하고 제일 잘 어울리는 거구만. 지나가는 모르는 애 돈까지 뺏던 놈이 갑자기 착한 척이람. 그리고 할아버지도 돌아가시고 당장 돈도 없잖아. 너 돈 있어?"

서훈이가 묻는 순간 나는 내 수중에 땡전 한 푼도 없다는 사실을 깨달았다. 문득 아빠가 원망스러웠다. 돈이라도 좀 주고 가든가. 할아버지 말대로 폐지 팔아서 쓰게 생겼다. 어쩌면 할아버지는 할아버지가 세상을 뜨고 나서의 상황을 이렇게도 정확하게 알았는지 모르겠다.

밤새도록 고민했다. 152만 원이면 한참을 돈 걱정 하지 않고 살 수 있다. 하지만 그럴 수가 없었다. 단톡방에서 검정장화는 할아버지다. 내가 돈을 가지고 튀는 게 아니라 할아버지가 튀는 게 되는 거다.

"에이씨. 차라리 돈 없어서 굶어 죽는 게 낫겠다."

할아버지 속을 지지리 썩인 것도 모자라 돌아가신 할아버지를 욕먹게 할 수는 없었다. 나는 마음이 또 흔들리기 전에 단톡방에 들어갔다.

- 천사 후원비에서 남은 돈이 152만 원입니다.
 돌려드려야 할 거 같은데 어떻게 해야 하나요?
- 다른 천사를 위해 그 돈을 쓰도록 하지요.

- 다른 천사요?

- 죽음에 기로에 서 있는 강쥐들 말이에요.

의견은 금세 그쪽으로 모아졌다.

- 그럼 돈을 어느 계좌로 넣어야 할까요?
계좌 번호 주세요.
- 번거롭게 그러지 마시고 검정장화 님이 알아서 하시는 게 좋을 거 같아요. 길 위를 떠도는 아이든 보호소에서 안락사 직전에 있는 아이든 검정장화 님이 구하시고 단톡방에 올려 주시면 되겠어요. 혹시 병원비가 부족하면 우리가 더 후원하도록 하고요.

이건 또 무슨 말이람.

그럴 수 없다고, 요즘 하는 일이 바빠서 그런 쪽에 신경 쓸 수 없다고 매달려도 소용없었다. 그동안 보여 준 검정장화 님의 성실함과 동물을 사랑하는 마음에 감동받았단다. 누구보다 훌륭하게 152만 원을 쓸 수 있는 사람은 바로 검정장화 님이란다. 미치고 환장할 노릇이었다.

계좌 번호는 알려 주지 않고 계속 칭찬을 해 대는 통에 더 이상 어쩔 수가 없었다.

악마처럼 속삭이는 서훈이와 152만 원에 대해 더 이상 의논하고 싶지 않았지만 152만 원에 대해 대화할 상대가 서훈이밖에 없었다.

"아, 진짜. 유기견을 찾아다닐 수도 없고……. 민지 친구를 부르자. 그 애가 그쪽으로 관심이 많은 아이니까 방법이 있을 수도 있어. 이야, 이찬수가 어쩌다가 이런 일에 엮이게 되었냐? 길고양이를 발로 차던 찬수가 불쌍한 개 구해서 치료하고 돌봐 주게 생겼으니. 동물 사랑, 생명 존중 뭐 이런 아름다운 마음이 찬수 네 속에 있는 거는 아니지? 에이, 그럴 리가."

서훈이는 길고양이 사건을 꺼냈다. 품종이 고등어인지 뭔지—왜 고양이에게 생선 이름을 갖다 붙이는지 아직도 이해가 잘 되지 않는다— 그 길고양이 때문에 곤란한 상황을 겪을 뻔한 일이었다.

서훈이와 둘이 마음에 들지 않는 놈을 흠씬 두들겨 패고 있을 때 누가 신고했는지 경찰차가 달려오는 게 보였다. 죽어라 도망쳐서 공원 숲에 숨었는데 길고양이 한 마리가 빤히 쳐다보고 앉아 울어 댔다. '찾는 놈이 여기 있어요, 야옹, 여기 있으니 잡아가세요, 야옹' 꼭 이러는 것 같았다. 울어 대는 목소리는 어찌나 큰지 숲에 쩌렁쩌렁 울렸다. 그래서 힘껏 찼다. 나에게 걷어차인 길고양이는 몇 미터는 나가떨어졌고 꽁지가 빠져라 도망쳤다. 서훈이는 길고양이가 도망치면서 몸을 제대로 못 가눴다고 했다. 다친 거 같은데 아마 죽을 수도 있을 거라고도 했다. 그리고 그 길고양이의 품종이 고등어라고 했다.

"아름다운 마음 같은 소리 하고 있네. 나는 우리 할아버지 욕먹을까 봐 그런다. 노인이 돈에 눈이 멀어 돈 갖고 튀었다고 욕먹을까 봐 그런다, 왜?"

소리를 바락바락 지르고 있는데 민지와 민지 친구가 나타났다.

"떠돌이 개를 구하든 보호소에 있는 개를 구하든 그건 그렇게 간단한 문제가 아니야. 일단 구하고 나면 누군가 입양하지 않는 이상 네가 계속 돌봐야 하거든. 너 그럴 수 있어?"

자초지종을 들은 민지 친구가 물었다. 무슨 그런 말도 안 되는 소리를. 나는 개를 키우고 싶은 마음은 눈곱만큼도 없다. 앞으로 내가 어떻게 살아가야 할지 그것도 까마득한데 개라니.

"돈을 돌려주는 게 가장 좋은 방법이지."

"안 받는다잖아. 매달리고 빌어도 안 받는다잖아."

"그럼 우리가 그냥 그 돈 쓰자. 단톡방은 폭파시키고. 여름 방학 끝나기 전에 바다로 여행 한번 가도 좋겠다."

민지가 말했다. 유유상종이라고 서훈이와 하는 말이 똑같았다. 오늘은 어쩐 일로 막대 사탕을 물고 있지 않았다.

"할아버지가 욕먹는다고 싫단다. 돌아가신 할아버지께 마지막으로 효도 한번 하고 싶다는데 우리가 최선을 다해 도와주자."

서훈이가 말했다.

"가까운 곳에 보호소가 한 곳 있어. 거기에 가 보자. 너는 강아지를 계속 키울 수 없는 상황이니까 되도록 작은 강아지를 데리고 나와야 해. 큰 개들은 입양이 안 되거든. 작고 품종이 있는 개는 그나마 입양이 잘 되는 편이야."

"입양이고 뭐고 그런 거까지 생각하지 말고 그냥 돈을 쓰는 거 위주로 의논하면 안 될까? 152만 원을 후딱 써야 하니까 병든 개로 데리고 나오자. 뭐 치료받다 죽어도 할 수 없는 거고."

서훈이가 민지 친구 말을 자르며 끼어들었다.

"단지 남은 돈을 쓰기 위해서라면 나는 빠질래. 어차피 돈을 써 가면서 구할 거면 안락사당할지도 모르는 불쌍한 개를 구해서 입양 보내면 더 좋은 거 아니니?"

빠진다는 말에 서훈이는 뒤통수를 긁적이며 한 발 물러섰다.

민지 친구에게서는 전문가 포스가 느껴졌다. 민지와는 완전히 달랐다.

"잠깐. 너도 꿈이 수의사냐?"

뭔가 통하는 게 있으니 친구가 되었을 테고 민지와의 공통점이 뭔지 궁금해졌다.

"무식하기는. 꼭 수의사가 꿈이어야 이런 데 관심이 있는 거니? 너, 뭔가 착각하는 모양인데 의사라고 해서 다 아프고 병든 사람들에게 관심 있는 거 아닌 거처럼 수의사도 마찬가지야. 의사나 수의사나 그저 돈 잘 버는 직업으로 여겨서 되고 싶어 하는 경우가 많다는 말이야. 물론 생명을 귀중하게 여겨서 의사나 수의사가 되는 사람도 있지만. 그리고 현실적으로 나는 수의사 못 돼. 현실을 직시해야지. 공부는 죽어라 못하고 하기 싫어하면서 꿈만 꾸고 앉아 있으면 그 꿈이 이루어진다니? 우리나라에서 공부 못하면서 의사나 수의사 된 사람 있어? 나는 그저 버려진 동물들에게 관심이 많을 뿐이야."

공부 못한다는 고백이 이렇게 멋지게 들릴 수도 있구나. 나는 새삼 깨달았다.

"이건 누가 시켜서 하는 게 아니라 내 마음이 시켜서 하는 일이야."

민지 친구는 말을 이어 갔다. 누구나 그런 마음이 숨겨져 있단다. 그 마음을 실천하는 데 필요한 것은 역시 자신의 마음이란다. 누구의 평가도 참견도 상관치 않는 자신의 마음이란다. 마음을 실천하는 데 자격 따위는 필요치 않아 자유롭다고 했다. 무슨 말인지 도통 알아들을 수가 없었다. 공부도 못한다는 애가 말은 왜 이렇게 어렵게 하는지 모르겠다.

"혹시 아니? 너한테도 그런 마음이 있을는지. 너 스스로 깨닫지 못하고 있을 수 있거든."

내 마음을 내가 모른다고? 그 말은 더 어려웠다.

"민지랑 니네 둘은 어떻게 친하게 지내게 되었냐?"

더 궁금해졌다.

"같은 학원 다닌다. 수의사가 되겠다는 생각도 얘를 만나고 갖게 된 거고."

민지가 말했다. 아무 생각 없이 사탕만 물고 다니는 아이가 그래도 친구 보는 눈은 좀 있는가 보다.

"보호소에 들어가면 많은 개들이 있어. 개들도 자신들이 처한 상황을 다 알고 있어. 버려졌고 그리고 그곳에서 나가지 못하면 죽어야 한다는 것도. 그래서 누군가 가면 다들 필사적으로 짖어 대. 짖어 대면서 자신의 존재를 알리려고 하는 거지. 나 좀, 나 좀 데리고 나가 줘. 살려 줘. 이런 뜻으로 말이야. 절대 눈을 마주치지 마. 눈을 마주치고 나면 계속 눈에 밟히고 머릿속에 남아 있거든. 데리고 나오지 못한 죄책감도 들고."

"별 걱정을 다하네. 그런 걱정은 절대 안 해도 돼. 죄 없는 길고양이를 죽을지도 모를 정도로 걷어차는 앤데 무슨."

민지가 길고양이 이야기를 꺼냈다. 하여간 잊어 주면 더 좋을 일들을 잘도 기억해서 한 번씩 툭툭 던져 주는 것도 서훈이와 똑같다.

"내가 아는 아저씨 중에 고기를 무지하게 좋아하는 아저씨가 있어. 고기 중에서도 최고로 잘 먹는 고기가 바로 개

고기였어. 개고기라면 자다가도 벌떡 일어날 정도였으니까. 그런데 그 아저씨가 어느 날 휴-"

민지 친구가 한숨을 내쉬었다. 그러고는 잠시 하늘을 바라봤다. 민지 친구 눈에 얼핏 눈물 같은 게 스쳤다. 참 별일이다. 뭔 일인지 모르겠지만 남의 얘기하면서 저렇게 감정이입을 하다니.

"어느 날 점심을 먹으러 시장에 가는 길이었대. 개고기를 파는 식당이 즐비한 그런 시장이었는데 매번 다니는 길이었지. 그런데 그날따라 어느 식당 앞에 놓인 케이지 안에 앉아 있는 누렁이가 눈에 들어왔다는 거야. 그런가 보다 하고 고개를 돌리다가 문득 누렁이와 눈이 마주친 거지. 도무지 밥을 먹을 수가 없어서 그날 점심을 굶고 다음 날 다시 그곳에 가 봤는데 그 누렁이는 아직 그 케이지 안에 있었대. 무사히 하루를 지낸 거지. 다행이다, 가슴을 쓸어내리고 그다음 날도 갔는데 그날도 누렁이는 무사했대. 아이고 천만다행이다, 또 가슴을 쓸어내리고 돌아왔지. 그런데 그다음 날 누렁이는 없었대. 아저씨는 엄청 울었지. 세상에 태어나서 사람 아닌 동물 때문에 운 거는 처음이었대. 그 뒤로 어떤지 알아? 혹시라도 개미를 밟을까 봐 길을 다닐 때도 엄청 조심해."

"그 아저씨 이제는 그 고기 안 먹겠네?"

서훈이가 물었다.

"당연하지. 그 후로 채식주의자가 되었어."

"친한 아저씨인가 보네? 자세히 알고 있는 걸 보니."

"우리 아빠야."

나와 서훈이는 놀라서 민지 친구를 바라봤다. 무슨 애가 저렇게 솔직하담. 아무렇지 않게 할 고백은 아닌데 말이다.

보호소 입구에 도착하자 개 짖는 소리로 시끄러웠다. 입구를 지나 건물까지 가는 길에는 큰 개가 앉아 있는 케이지가 있었고 마당에 묶여 있는 개들도 있었다. 민지 친구는 땅만 바라보며 앞장서 갔다. 안에 들어가야 작은 개들이 있다고 했다.

나는 무심코 주위를 둘러봤다.

그때 마당 맨 뒤쪽에 묶여 있는 누런 개가 눈에 들어왔다. 진돗개 같은데 덩치는 좀 작았다. 얼마나 말랐는지 옆구리로 뼈가 앙상하게 드러났다. 지글지글 타오르는 여름 햇볕을 받고 있는 누런 개는 짧은 목줄을 하고 제자리를 뱅글뱅글 돌고 있었다.

"야, 저 개 리본 하고 있다. 어울리지 않게 뭔 리본?"

서훈이가 누런 개를 가리켰다. 누런 개 목에는 목줄과 함께 보라색 리본이 묶여 있었다.

"버릴 때 좀 미안했나 보다. 리본까지 해 주고 버린 걸 보면. 대체 그건 무슨 마음이냐? 리본까지 해 줄 애틋한 마음이면 버리지나 말지. 더워 죽겠는데 리본 때문에 더 덥겠다. 리본 풀어 주자."

나는 누런 개에게 다가갔다.

"야, 안 돼. 그냥 둬."

민지 친구가 달려오더니 내 손을 찰싹 내리쳤다.

"그 리본은…… 아무튼 풀어 주지 말고 빨리 들어가자."

"왜에?"

나와 서훈이가 동시에 물었다.

"꼭 듣고 싶어?"

"그래, 꼭 듣고 싶다."

"안 듣는 게 좋을 텐데. 듣고 나면 마음 아플 수도 있는데."

"별 걱정을 다 하네."

"좋아."

민지 친구가 나와 서훈이 한쪽 귀를 잡아당겼다.

"보라색 리본은 곧 안락사시킬 예정이라는 표시야. 며칠 안으로 안락사를 당한다는 뜻이라고."

"뭐?"

나는 나도 모르게 누런 개를 바라봤다. 누런 개와 눈이 딱 마주쳤다. 동굴처럼 깊고 까만 눈동자가 나를 물끄러미 바라봤다. 쑤우웅 쑤우웅! 동굴에 들어갔을 때 들었던 소리가 귓가에 울렸다. 순간 동굴 안으로 빨려 들어가는 느낌이었다. 나는 고개를 돌리지 못한 채 한참 동안 누런 개와 마주 보고 있었다.

"빨리 들어가자."

민지 친구가 내 팔을 잡아끌었다.

"들어갈 필요 없어. 저 개."

나는 누런 개를 가리켰다.

"저 개를 데리고 가자."

"그건 곤란해."

"왜? 안락사 예정이면 못 데리고 나가는 거야?"

"야. 너는 그런 말을 개 앞에서 하면 어떻게 해? 개들도 다 알아듣는단 말이야. 이리 와서 얘기해."

나는 민지 친구에게 질질 끌려갔다.

"안락사 예정이라고 해서 못 데리고 나가는 게 아니야."

"잘 되었네. 그러니까 저 개 데리고 가자고. 어떤 개를 데리고 가든 152만 원만 쓰면 되는 거잖아. 아니다. 필요하면 후원금 더 낼 수 있다고 했어."

"그게 아니야. 너 저 개 데리고 나가서 네가 키울 수 있어? 아니면 입양해 갈 사람 찾을 수 있어? 큰 개는 입양 잘 안 돼. 우리나라 사람들은 작고 예쁘고 집 안에서 키우는 개를 좋아한다고. 무턱대고 데리고 나가서 키우지도 못하고 입양할 사람을 찾지도 못하면 길에 버릴 거야? 이건 152만 원으로 해결될 문제가 아니야. 현실을 보라고, 현실을."

"아, 단톡방."

나는 단톡방에 들어가 작은 진돗개를 입양해서 키울 사람이 있는지 물어봤다. 다들 마음은 아프지만 그럴 처지가 못 된다고 했다.

*

"또 가자고? 야, 이찬수. 오늘 39도란다. 머리가 훌렁 벗겨질 정도로 덥다고. 매일 간다고 해서 뭐가 달라지는데?

나는 안 갈란다. 너 따라다니느라고 등에 땀띠가 나서 밤에 잠도 못 잔다. 미안하다, 친구도 중요하지만 나도 중요하다. 그리고 내가 한마디 꼭 해 줄 게 있는데 말이다. 지금 네 모습 원래 너하고는 안 어울려. 안 어울리기만 하냐? 아주 볼 때마다 낯설어서 죽겠다. 그만둬라, 응? 우리 할머니가 툭하면 하시는 말씀이 있거든. 사람이 안 하던 짓하면 죽는다고. 그냥 너답게 살아라. 아, 귀찮아."

서훈이는 전화를 뚝 끊어 버렸다. 서운하지 않았다. 의리 없는 놈이라고 욕하고 싶지도 않았다. 서훈이는 일주일 내내 나를 따라 보호소에 갔다. 그리고 뙤약볕 아래에서 두 시간이고 세 시간이고 누런 개를 지켜보다 왔다. 누런 개 이름은 진순이였다. 보호소에 갈 때마다 진순이 간식을 사는 돈도 서훈이가 댔다.

진순이는 아픈 데는 없다고 했다. 비쩍 마르기는 했지만 잘 먹고 잘 쉬면 금세 좋아질 수 있다고도 했다. 하지만 내 처지로는 진순이를 잘 먹고 잘 쉬게 해 줄 수 없었다.

"일단 안락사를 미뤄 주세요. 제가 방법을 찾아볼게요."

내가 할 수 있는 일은 보호소 직원에게 매달리는 일뿐이었다. 나는 매일 단톡방에 진순이 사진을 찍어 올렸다. 단톡방 사람들도 진순이를 입양 보낼 길을 함께 찾아봤다. 하지만 입양하겠다는 사람이 없었다.

39도라더니 체감 온도는 50도도 넘는 거 같았다. 습도 때문이다.

집에서 나와 내리막길을 내려오는데 민지 친구에게서 문자가 왔다.

— 안락사를 더는 미룰 수 없다고 하더라, 어쩌지?

어떻게 보호소까지 왔는지 모르겠다.

숨이 턱턱 막히는 햇빛과 습도를 온몸에 휘감고 진순이는 앞다리를 번쩍 쳐들며 나를 반겼다. 고작 일주일 봤을 뿐인데 나를 원래 주인처럼 맞았다.

"뜨거운데 밖에 나와 있지 말고 집 안에 들어가 있어. 그리고 힘들게 자꾸 뱅글뱅글 돌지 마."

"끄응."

진순이가 내 손등을 핥았다. 나는 진순이가 오래오래 내 손등을 핥도록 그냥 두었다. 두고두고 이 느낌을 잊을 수 없을 거 같았다. 어쩐지 겁이 났다. 오늘따라 보라색 리본이 더 선명하게 보였다.

"네 주인은 어떤 사람이었냐?"

나는 진순이에게 물었다. 물어보나 마나겠지. 책임감이라고는 눈곱만큼도 없는 양심에 털 난 인간일 거다. 병든 곳도 없으니 병원비 때문에 버렸을 리는 없고 처음에는 작고 귀여워서 키웠는데 점점 덩치가 커져서 버렸나? 아니면 귀찮아서? 그것도 아니면 사룟값이 아까워서? 그 순간 머릿속에 빛 하나가 스치고 지나갔다. 나는 자리를 박차고 일어나 사무실로 달려갔다.

"여기에 있는 개들을 입양하기 위해서 사람들이 찾아오지요?"

나는 직원에게 물었다.

"찾아오지. 아주 가끔이지만 말이다."

"그럼 여기 사무실 앞하고 보호소 입구하고 여기저기에 안내문 좀 붙여 주시면 안 될까요? 진순이를 입양해 가는 사람에게 152만 원을 준다고 말이에요."

직원이 멍한 표정으로 나를 바라봤다. 일주일 내내 찾아와 안락사를 미뤄 달라느니 어쩌니 하면서 뙤약볕 밑에 하염없이 앉아 있더니 드디어 더위를 먹었나? 하는 눈빛이었다.

"얼마를 준다고?"

잠시 후 직원이 물었다.

"152만 원이요."

"돈은 있고?"

"없으면서 이런 말 할까 봐요? 있어요."

"설사 있다고 해도 그런 말은 하지 마라."

직원이 고개를 저었다.

"왜요? 그러면 입양하겠다는 사람이 나타나지 않을까요?"

152만 원이면 결코 적은 돈이 아니다. 한동안 사룟값 걱정은 하지 않아도 된다.

"네가 일주일 내내 찾아오는 정성을 보면 진순이를 생각하는 마음이 어떤지는 알겠다. 하지만 그건 결코 좋은 방법이 아니야. 돈을 준다면 입양하겠다는 사람이 나타날 수도 있겠지. 하지만 말이다. 돈 때문에 진순이가 더 위험한 상황에 빠질 수 있단다."

진순이는 곧 안락사를 당한다. 죽는 것보다 더 위험한 상황은 없다.

"일단 그렇게 해 주세요. 당장 계좌 이체 해 줄 수 있어요."

"돈에 욕심이 나서 진순이를 입양해 간다고 데리고 나가서 돈만 꿀꺽 삼키고 진순이를 버린다면? 아, 버리는 거는 그래도 양반이지. 개장수에게 팔아 버리는 양심 없는 인간들도 많아. 개장수에게 걸리면 처참하게 죽어야 해. 절대 좋은 방법이 아니란다."

사무실에서 나와 다시 진순이에게로 갔다. 조금 전에 봤는데도 오랜만에 만난 것처럼 진순이는 펄쩍거리며 반겨 주었다.

진순이는 곧 죽는다.

내가 할 수 있는 일은 아무것도 없다.

그렇다고 해서 진순이를 모른 척할 수는 없었다. 나는 이미 진순이 눈을 봐 버렸다.

집 앞에서 서훈이가 기다리고 있었다.

"기어이 또 갔다 왔냐? 하여간 고래 힘줄보다 더 질겨요. 왜 전화는 안 받고 지랄이냐? 지금 니네 집 안에서 무슨 일이 일어나고 있는지 알고나 돌아다니냐?"

서훈이가 턱으로 집 안을 가리켰다.

"뭐, 우리 집에 도둑이라도 들었을까 봐? 들어도 뭔 걱정이냐? 가져갈 거라고는 하나도 없는데."

"그게 아니고 니네 아빠인가 봐. 힐끗 봤는데 너랑 아주 똑같이 생겼더라."

서훈이는 들어가 보라는 눈짓을 했다.

아빠는 장롱을 뒤지고 있었다. 누렇게 색이 바랜 할아버지의 속옷들과 구멍 난 양말들이 나왔다. 왜 장롱 한쪽을 점령하고 있는지 이유를 알 수 없는 다 떨어진 수건들도 나왔다.

"가져갈 거는 하나도 없겠다. 다 버리자. 당장 입을 옷가지하고 책이나 챙기면 되겠어. 여름 방학 끝나고 전학하면 되고."

"전 안 가요."

"안 가면?"

"각자 살던 대로 살자고요."

"미친놈. 네가 혼자 무슨 수로 살 건데?"

"무슨 수가 있겠지요."

아빠가 못마땅한 표정으로 나를 아래위로 몇 번이나 훑어봤다. 아빠 시선을 피해 천장을 바라봤다. 작은 창문으로 들어온 햇빛이 천장을 뚫을 듯한 기세였다. 그 천장 한쪽에 거미 한 마리가 발버둥 치고 있었다. 어쩌다 줄이 끊어진 모양이었다. 아래위로, 좌우로, 위태롭게 흔들리면서도 거미는 떨어지지 않으려고 안간힘을 썼다. 떨어지지 마, 떨어지지 마, 나는 마음속으로 외쳤다.

"사람 사는 집이 아니군."

아빠가 거미를 보며 중얼거렸다. 사람 사는 곳이 아니라니. 나는 이곳에서 9년을 살았다. 할아버지는 이곳에서 17년을 살았다. 주인이 집세를 올려 달라는 말을 하지 않는다고 고마워하며 살았다.

나는 아빠를 쏘아보다 집에서 뛰쳐나왔다. 서훈이는 아직 돌아가지 않고 계단에 앉아 있었다. 서훈이 옆에 앉는데 갑자기 할아버지가 보고 싶었다. 진순이 때문에 신경 쓰느라고 문득문득 잊고 살았던 할아버지에 대한 그리움이 밀물처럼 밀려들었다. 눈물이 왈칵 쏟아졌다.

"아, 진짜, 왜 울고 난리야. 어울리지 않게."

서훈이가 당황해했다.

"배고파서 운다. 배고파서."

나는 말도 안 되는 핑계를 댔다.

"내가 너하고 개 간식 대는 사람이냐?"

서훈이는 투덜거리며 빵과 음료수를 사 왔다.

얼마 후 집에 돌아왔을 때 아빠는 없었다.

사람 죽일 정도로 습도가 높더니 저녁 무렵 비가 내리기 시작했다. 소리 없이 내리던 비는 밤이 깊을수록 바람을 동반한 폭우로 변했다. 덜컹거리는 창문 사이로 빗물이 새어 들었다. 비바람 소리 때문인지 자다가 자꾸 깼다. 새벽에 눈을 떴을 때는 이미 잠은 달아나고 없었다. 비바람은 더 요란스러워졌다.

어둠을 뚫어져라 쳐다보며 누워 있다가 벌떡 일어났다. 다섯 시 이십 분이었다.

- 집이 아파트인가요? 단독 주택인가요?

나는 아빠에게 문자를 보냈다. 답 문자는 여덟 시가 지나서야 왔다.

- 주거 환경 보고 오게?

다소 비꼬는 듯한 느낌이 들었다. 자존심이 상했다. 가긴 누가 가느냐고 그냥 물어본 거라고 문자를 보내고 싶은 마음이 굴뚝같았지만 심호흡 한 번 한 다음 참았다.

― 단독 주택이다.

잠시 후 온 아빠 문자를 보는 순간 만세라도 부르고 싶었다.

― 사실은 할아버지가 키우던 개가 있어요.
개만 두고 갈 수가 없는데요.
― 개? 그런데 왜 나는 못 봤지?
― 풀어놓고 키웠거든요.
오시는 날마다 밖에 나가서 못 봤을 거예요.
개도 같이 가도 된다면 생각해 볼게요.
― 나 봐줘서 온다는 말로 들린다?
뭐 어쩌겠냐, 아버지께서 키우던 개라는데.
데리고 와라. 개 한 마리 키울 정도의 마당은 있으니까.

소리 내어 웃고 싶은 걸 입술을 꽉 깨물며 참았다.

― 그분에게 물어보지 않아도 되는 거예요?

9년 전 아빠가 할아버지 집에 나를 버리고 간 것도 그 사람이 나를 원하지 않는다는 이유에서였다.

- 개 한 마리 데리고 오는 건데 뭘 의논해. 데리고 와.

시간이 지나면 사랑은 식는다고 했다. 9년 동안 아빠 사랑이 식은 걸까? 아아, 사랑이 식든 말든 그거하고 나하고는 상관없다. 진순이를 데리고 갈 수 있게 된 게 중요한 거다.
서훈이를 불러냈다. 같이 보호소에 가서 진순이를 데리고 오려면 버스를 탈 수는 없고 택시를 타야 하는데 낯선 일은 혼자 하는 것보다는 둘이 하는 게 더 낫다.
"드디어 찬수 너랑 헤어지는 거냐? 이렇게 좋은 일이."
서훈이는 말은 그렇게 했지만 얼굴에는 서운한 표정이 역력했다. 서훈이와 나는 여덟 살 때부터 붙어 다닌 사이다. 내가 있는 곳에는 서훈이가 있었고 서훈이가 있는 곳에는 늘 내가 있었다.
평소와는 다르게 가벼운 발걸음으로 보호소에 들어갔다. 진순이를 와락 끌어안는 내 모습을 상상하자 웃음이 절로 나왔다.

*

　진순이가 없었다. 진순이가 줄에 매여 뱅글뱅글 돌던 그 자리에는 물그릇과 밥그릇만 덩그러니 놓여 있었다.
　"혹시?"
　서훈이가 나를 바라봤다. 하늘이 까맣게 내려앉았다.
　"늦은 거 같다. 어제 데리고 나오지 그랬냐? 단 하루 사이에 이런 일이 일어나네."
　서훈이가 딱해서 어떻게 하냐는 듯 말했다.
　나는 사무실로 달려갔다. 진순이가 어디에 있느냐고 묻는데 눈물이 쏟아졌다. 그날이 어제였다고 왜 미리 나한테 말해 주지 않았느냐고 원망하는데 다리에 힘이 풀렸다.
　"내가 어제 그런 일이 일어날 줄 어떻게 미리 알아?"
　"안락사를 예정도 없이 해요?"
　"안락사? 진순이 안락사는 다음 주에 잡혀 있었어. 진순이는 어제 저녁에 입양 갔다."
　진순이는 아이들이 셋인 집으로 입양 갔다고 했다. 가족이 모두 같이 왔었다고 했다. 진순이는 마당이 넓은 전원주택에서 살게 되었다고 했다.

"그래도 네 덕에 진순이가 잘되어서 나도 좋다. 네가 아니었으면 이미 진순이는 이 세상에 없을 텐데."

직원이 말했다.

이럴 줄 알았으면 공연히 아빠에게 문자를 보냈다.

"진순아. 잘 살아라."

나는 파란 하늘을 향해 소리쳤다.

*

152만 원이 생각 난 것은 버스를 타고 나서였다. 서훈이는 진순이를 입양해 간 가족에게 152만 원을 주었다고 단톡방에 올린 다음 그 돈을 그냥 써 버리자고 했다. 끝까지 악마처럼 속삭였다.

"우리 할아버지를 도둑으로 만들 거야? 152만 원은 원래 취지대로 써야지. 불쌍한 생명을 구하는 것도 좋은 일이야."

"야, 그러면 또 보호소 드나들 거야? 한 마리 구한다고 끝나냐? 152만 원 쓴다고 보호소에 있는 개들을 다 구할 수 있는 거는 아니잖아? 야, 이찬수 너 진짜 왜 이래? 아, 몰라. 하려면 너 혼자 해. 나는 지금부터는 몰라."

"모르긴 뭘 몰라."

나는 버스에서 내리는 서훈이 뒷덜미를 잡아챘다. 어쩌면 서훈이 말이 맞는지도 모른다. 그래도 나는 152만 원을 써야 한다. 어쩌면 민지 친구가 말했던 것처럼 내 속에 있는 나도 모르던 마음이 다른 내 마음에 의해 움직이고 있는 건지 모른다. 그 마음을 움직이는 데는 아무 자격도 필요 없다. 그냥 내 마음이다.

"아 참, 그런데 민지 친구 이름은 뭐냐? 전화번호도 민지 친구라고 저장해 놨거든."

문득 궁금해졌다.

"진송이다."

"뭐 진순이?"

"완전 진순이에 미쳤군. 진송이라고, 진송이."

"아, 진송이."

나는 버스 창밖을 내다보면서 중얼거렸다. 뜨거운 8월의 하늘은 높기만 했다. 천사는 죽었지만 죽지 않았다.

안녕, 시호 · 김이설

유시호는 오늘도 교실 뒤 게시판에 시를 붙였다. 아이들은 대체로 무리를 지어 떠들고 있었다. 군데군데 자기 일을 하거나 책상에 엎드려 자는 아이들이 보였다. 아이들은 유시호가 게시판에 무엇을 붙이든 관심이 없었다.

유시호가 시를 붙이기 시작한 건 3월 중순부터였다. 국어 1단원 본문이 시였고, 관련 수행 평가로 자기가 좋아하는 시를 한 편씩 적어 오는 과제 때문이었다. 아이들은 주로 교과서에서 봤던 시인의 시를 찾아왔다. 필사용으로 출간된 시집에서 찾은 말랑말랑한 시, 낯간지럽거나 오글거리는 명언을 적어 오기도 했다. 수능 지문이나 초등학교 교과서에서 찾아온 아이들도 있었다. 국어 쌤은 너그러운 웃음으로 다 잘했다고 했지만 유시호가 찾아온 시만큼은 남다르게 대했다. 일단 유시호가 누군지 물었다. 유시호가 자리에서 벌떡 일어났다.

"네가 직접 찾은 거니?"

네! 유시호가 큰 목소리로 그렇다고 대답했다. 교복 치마가 무릎 아래까지 내려왔고, 커트 머리에서 단발로 기르는 중인지, 겨우 하나로 묶은 머리는 사방으로 잔머리가 잔뜩 빠져 있었다. 양 볼에 붉은 여드름이 가득했고, 두툼한 콧방울 오른쪽에는 동그란 재생 밴드가 붙어 있었다. 드러나지 않던 다른 시간과 달리 자신감에 찬 표정이었다. 국어 쌤은 유시호가 적어 온 시를 소리 내어 읽기 시작했다.

체온*

    장승리

당신의 손을 잡는 순간
시간은 체온 같았다
오른손과 왼손의 온도가
달라지는 것이 느껴졌다
손을 놓았다
가장 잘한 일과
가장 후회되는 일은
다르지 않았다

국어 쌤이 좋아하는 시인의 작품이라고 했다. 아이들은

---

* 〈체온〉 전문, 장승리, ≪무표정≫, 문학과지성사, 2021

지루한 표정을 지었지만 유시호와 국어 쌤의 눈은 어느 때보다 반짝거렸다. 그날 국어 쌤이 유시호에게 그 시를 게시판에 붙여 다 같이 읽자고 했다. 그게 시작이었다. 누가 시키지도 않은 일이었는데도 유시호는 매주 다른 시를 적어 와 게시판에 붙였다.

  유시호는 대체로 혼자였다. 누구도 유시호를 일부러 따돌리지는 않았다. 다만 유시호에게 먼저 말을 걸지 않았을 뿐이었다. 그러나 유시호는 아무렇지 않게 짝이나 앞뒤에 앉은 아이들에게 먼저 말을 붙이곤 했다. 아이들은 어색한 표정으로 고개를 끄덕이거나, 마지못해 겨우 대답하고 자리를 뜨거나, 못 들은 척하고 말았다. 아이돌이나 게임 이야기를 하는 아이들에게 시인이나 시집에 관한 이야기, 자기가 활동한다는 창작 커뮤니티 이야기는 생경하고 지루한 소재였다. 아이들이 흥미를 보이지 않으면 유시호는 얼른 제자리에 앉아 혼잣말을 중얼거리곤 했다.
  "오래어지러운잠을잤다겨울이지나고내가들은풍경들이천천히내몸을일으켜세웠다눈을떴다그때,꽃들이소리없이 피어났다*……."

가만히 들어 봐도 도통 무슨 말인지 알아들을 수 없었다. 때론 혼자서 웅얼거리는 걸 보면 슬쩍 무섭기도 했다. 아이들이 유시호를 꺼리는 이유 중에 하나는 바로 저렇게 혼잣말을 중얼거렸기 때문인지도 몰랐.

여하튼 유시호는 지치지 않고 아이들에게 다가갔지만 대화에 불쑥불쑥 끼어들어 분위기를 싸하게 만들거나 동문서답을 하거나 한 박자씩 늦게 따라 웃었다. 아이들은 관심을 두지 않는 것으로 유시호를 밀어냈다.

내가 유시호를 눈여겨본 건 콧방울에 한 피어싱 때문이었다. 작년, 신도시로 이사를 온 직후의 일이었다. 엄마의 회사 발령에 따라 신도시로 이사를 오게 된 나는 잔뜩 화가 나 있었다. 태어나고 자란 동네를 떠나 생판 모르는 곳에서 살게 됐기 때문이었다. 초등학교 시절부터 익숙한 학원가며, 그 거리 건너편의 쇼핑몰과 맞은편의 멀티플렉스와 카페와 대형 서점과 음식점과……의 이별이었다. 나는 중심

---

* 〈꽃들이 소리 없이〉 중에서, 조용미, 《삼베옷을 입은 자화상》, 문학과지성사, 2004

부에서 밀려난 사람처럼 우울한 기분을 떨치지 못했다.

 나는 모든 것이 마음에 들지 않았다. 전학을 해야 한다는 사실도, 새로 살게 된 아파트 단지도, 학원을 정하기 위해 며칠째 계속 테스트를 보러 다니는 것도, 낯선 거리와 생경한 동네와 잘 외워지지 않는 새 우편 번호 같은 것들도 싫었다. 신도시는 순전히 아파트뿐이었다. 지하철도, 다양한 색깔의 시내버스나 마을버스도 없었다. 그나마 다행인 건 대형 서점에 걸어서 갈 수 있다는 정도였다.

 신도시의 유일한 대형 서점이라는데 살던 도시의 서점에 비해 턱도 없이 작았다. 그래도 그 속에 숨어 있으니 마음이 편해지는 것 같았다. 책등의 제목을 훑다가 심심해지면 팬시 용품을 구경하고, 그마저도 지겨워지면 서점 내 카페에서 녹차라떼를 먹는 것이 좋았다.

 그 서점에서 유시호를 만났다. 그러나 유시호는 나를 기억하지 못할 터였다. 이사를 온 주말이었고, 전학 수속을 하기 전이었다. 내가 한국 문학 코너에서 서성거리는 유시호를 정확히 기억하는 이유는 유시호의 코 피어싱 때문이었다. 까만 투 블록 머리보다 두툼한 콧방울에서 반짝이는 코 피어싱이 인상적이었다. 이국의 소녀처럼 특별하게 보였다.

다음 주 월요일이 되어 전학 수속을 하고 담임 쌤을 따라 교실로 올라가는데 도서관으로 들어가는 아이가 있었다. 서점에서 본 아이라는 걸 한눈에 알아볼 수 있었는데 그게 유시호였다. 전혀 모르는 아이들 사이에서 아는 사람 한 명 있다는 것에 괜한 안도감이 들었다.

 새 학교에 적응하기가 쉽지 않던 나는 점심시간이면 도서관에 숨어들곤 했다. 혼자일수록 아이들 사이로 들어가야 한다는 걸 알았지만 나는 늘 입을 내민 뚱한 표정으로 교실 뒤에서 서성였고, 급기야는 도서관으로 도망쳤다. 000번 총류부터 900번 역사까지 분류 번호를 따라가며 조용히 걷거나 가만히 책등의 제목을 읽다 보면 마음이 가라앉고 고요해졌다. 그럼 남은 하루를 어떻게든 버틸 수 있는 힘 같은 게 생겼다. 그때, 도서관에서 매일 마주치던 아이도 유시호였다. 유시호는 늘 800번 문학 중에 811번대 한국 시 코너에만 서 있었다. 유시호의 코 피어싱 자리에는 동그란 재생 밴드가 붙어 있었다.

 그리고 3학년이 되어 유시호와 같은 반이 되었다. 등교 첫날, 교실에 들어서자마자 유시호가 나를 향해 알은척을 했다. 낯선 아이들의 시선이 모두 나에게 쏠렸다. 아는 아이가 있다는 안도보다 아이들의 시선이 어쩐지 불안하게 느껴졌다.

  3월 짝이었던 채원이는 유시호의 목소리만 들리면 고개를 숙여 유시호와 눈이 마주치는 것을 원천 봉쇄 했다. 내가 의아하게 쳐다보자 채원이가 내 팔을 잡아당기며 엎드리게 했다. 왜? 나는 책상에 엎드려 소리 없이 입 모양으로만 물어봤다.

"유시호가 쳐다보잖아. 자는 척해!"

목소리를 죽여 다급하게 속삭이는 폼이 마치 나를 구해 주러 온 사람 같았다. 채원이가 계속 속삭였다.

"쟤한테 걸리면 피곤해져."

2학년 때 같은 반이었다는 채원이는 멋모르고 유시호에게 친절하게 굴었다가 일 년 내내 고생했다고 했다. 무슨 고생?

"자꾸 친한 척하는 애들 있잖아. 맨날 말 시키고. 알아듣지도 못할 소리를 혼자 떠들고. 수학여행 갔을 땐 같은 조였는데 내 옆에 딱 붙어 다녀서 그놈의 시 이야기를 해 대는 걸 들어 주느라 얼마나 귀찮았는지 몰라. 싫다고 하지도 못하고 아휴, 진짜!"

채원이의 말대로라면 유시호는 이상한 아이였다.

"차림새도 평범하지 않고, 맨날 혼자 중얼중얼거리는 것도 이상해. 일부러 보라는 듯이 그러는 것 같기도 하고. 눈치가 없는 건지, 쪽팔린 게 없는 건지. 상황 파악을 못 한다고 해야 하나? 하여간 이상해. 아니, 뻔뻔한 건가?"

"뭐가 그렇게 복잡해."

"한마디로 관종이야, 관종."

넌더리가 난다는 듯이 인상을 쓰고 고개를 젓는 채원이가 어린애처럼 보여서 웃음이 터졌다. 눈이 마주친 채원이도 피식 웃었다. 그 순간 채원이와 단짝이 될 거라는 직감이 들었다.

매달 마지막 날은 랜덤으로 짝을 정하는 날이었다. 4월 짝은 유시호였다. 채원이는 노골적으로 안타까워했다. 5월의 짝도 유시호였다. 유시호는 다시 만나 반갑다면서 손뼉을 쳤고, 채원이는 그런 유시호와 나를 보곤 키득댔다. 여하튼 나는 원치 않아도 두 달 동안 유시호 가까이에 있게 되었다.

유시호가 우리와 가장 다르면서 가장 특이한 건 매일 시를 읽는다는 것이었다. 그것도 매일 다른 시집의 시였다. 유시호가 꺼내 든 무수한 시집들의 공통점이 있다면 모두 새 책은 아니었다는 것이다. 이미 읽은 흔적이 곳곳에 묻어나는, 모서리가 접혀 있거나 플래그가 붙어 있거나 책등과 종이가 닳고 누렇게 변색된 책들이었다. 그도 아니면 도서관에서 빌려 온 시집이었다. 내가 무심코 시집의 표지를 쳐다보는 걸 알아챈 유시호가 내 쪽으로 몸을 기울여 말했다.

"촌스러운 표지 같지만 그래도 꽤 유명한 출판사에서 나온 거야."

"아, 그렇구나."

"그래도 내 시집은 거기서 내지 않을 거야. 내가 좋아하는 출판사는 여기거든."

시호가 다른 표지의 시집을 꺼내 보여 줬다. 이미 시인이 된 것처럼 말하는 폼이 좀 웃겼다. 어, 그래. 나는 건성으로 대답하고 말았다.

짝이 된 바로 다음 날부터였다. 교실에 들어서는 나에게 언제나 '김규리, 안녕!'이라고 인사를 하는 유시호는 어느 날엔가 내가 자리에 앉자마자 시집 한 권을 내밀었다.

"너랑 이름이 같은 시인이 있어."

그러더니 한 페이지를 펼쳐 나보고 읽어 보라고 했다. 제목은 〈꽃을 말리며〉였다. 핑계를 대고 일어설 수도, 싫다고 할 수도 없어서 어, 어, 하는 사이에 시집을 집어 들고 말았다. 유시호가 어느 페이지를 열더니 어서 읽어 보라고 했다.

(……)

나의 하루도 어디선가 줄기가 잘리고 어디엔가 매달려
천천히 죽어가는 것은 아닌가
물 한방울 피 한방울 남지 않고, 나는
지금 얼마나 꼬득꼬득 잘 말라가고 있는가
불현듯 목이 마르다*

"좋지?"
"어?"
"이 시집에서 내가 제일 좋아하는 시야."
안 그래도 페이지 숫자가 보이지 않게 모서리가 접혀 있

---

* 〈꽃을 말리며〉 중에서, 박규리, 《이 환장할 봄날에》, 창비, 2004

었다. 유시호가 계속 좋지 않으냐고 물어서 마지못해 그렇다고 대답했다.

"어느 점이 좋았어?"

헐. 예상치 못한 질문이었다.

"나는 '불현듯 목이 마르다'라는 마지막 구절을 좋아해."

"아, 그렇구나."

몸이 가려우면서 진땀이 나기 시작했다. 눈을 마주 보며 묻는데 모른 척할 수는 없는 노릇이었다.

"너도 시 좋아하는구나?"

아니!라고 대답할 겨를도 없이 유시호는 시집을 다시 내밀며 빌려주겠다고 했다. 됐어,라고 말하려는데 유시호가 목소리를 죽여 말을 이었다.

"원래는 우리 언니 시집인데, 이제는 내가 읽어. 언니가 못 읽거든."

"왜?"

유시호가 고개를 숙이고 목소리를 죽이며 조심스럽게 말했다.

"네가 시인과 같은 이름이어서 너한테만 알려 주는데, 사실, 우리 언니가 좀 아파."

뭔가 비밀인 듯해 나도 더 이상 물어보지 못했다. 어색한 상황에 처하는 것보다는 시집을 받는 게 나을 것 같았다. 시집 제목은 ≪이 환장할 봄날에≫였다.

물론 그 시집을 끝까지 다 읽진 못했다. 도통 무슨 뜻인지 알 수 없는 문장들이 이어져서 후루룩 넘겨 가며 몇 편 읽다 말고, 다음 날 유시호에게 고이 반납했다. 그리고 얼른 채원이에게 갔다. 유시호가 내 뒷모습을 쳐다본다는 걸 알았지만 나는 모른 척했다. 누군가와 비밀을 공유한다는 건 부담스러운 일이었다.

유시호는 쉬는 시간마다 시집을 읽었다. 시집 중독자처럼, 혹은 배가 고픈 사람처럼, 아니면 아껴 읽는 사람처럼, 시집에서 뭔가를 찾으려는 듯이 읽었다. 가끔씩 고개를 숙이고 뭔가 열심히 적는 거 같아 살펴보면 낡은 책을 펴 놓고 노트에 시를 옮겨 적고 있었다. 물론 일주일마다 게시판에 새로운 시를 붙이는 것도 게을리하지 않았다. 나에게 시집을 빌려주는 것도 꾸준했다.

따지면 유시호는 시를 읽고 시를 옮기는 사람일 뿐인데 마치 자기가 시인인 듯 굴었다. 어디에 가든 수첩과 펜을 쥐고, 시도 때도 없이 볼펜을 입에 물고 허공을 쳐다본다든지, 머리를 긁적인다든지, 갑자기 눈이 커지면서 뭔가 떠올렸다는 듯이 수첩에 적는 행동을 취했다. 마치 만화책에서 봤을 법한 포즈였다. 두 달 동안 짝으로 있다 보니 수첩에 적는 건 아무것도 없다는 것 정도는 눈치챌 수 있었다. 그래도 곧잘 백일장 같은 데서 상을 받는다고 했다. 채원이 말에 의하면 작년에 다섯 번 넘게 단상에 올라 상장을 받았다고 했다.

시집을 건네는 것은 곤란했지만 유시호는 나쁘지 않은 짝이었다. 수업 시간엔 조용했고, 자기가 모르는 것을 아는 척하지 않았다. 내민 시집을 조용히 받아 들어 가방에 넣으면 더 이상 귀찮게 하는 일도 없었다. 시집을 돌려줄 때 좋은 시집이었다고 말해 주면 스스로를 대견해하는 모습이 조금 웃겼지만 어떤 마음인지 어렴풋이 알 것 같기도 했다. 사실 나는 유시호에게 고마워해야 할 일이 많았다. 채원이와 같이 집에 갈 수 있도록 청소 당번을 바꿔 준 것이라든지, 나에게 친절한 건 물론이고, 국어 모둠 과제를 할 때마다 유시호가 도와줬기 때문이다. 국어 수행을 전부 A 받을 수 있었던 것도 모두 유시호 덕분이었다. 일단 뭔가를 쓰는 일에 유시호가 남다르긴 했다. 한번 써 내려가기 시작하면

거침없이 주욱 이어 갔다. 다른 아이들이 가지지 못한 능력이긴 했다.

국어 시간이 끝나면 유시호는 쪼르르 국어 쌤을 따라 나갔다. 수업 시간에 이해 못 한 걸 물어볼 때도 있었고, 시집을 꺼내 들어 의미를 묻기도 했고, 때로는 노트의 한 페이지를 보여 주곤 했다. 뭐 하고 왔냐고 물으면 자기가 쓴 시를 보여 드렸다고만 했다. 자기 시를 이해하는 유일한 사람이라는 말을 하기도 했다.

유시호의 말대로라면 자기는 인터넷에서 꽤나 유명하다고 했다. 글짱이라는 청소년 문학 창작 공간이 있는데, 그곳에 글을 올리기 시작한 지 5년이 다 되어 간다고 했다. 기성 작가들이 한 달에 한 번씩 피드백을 해 주는데, 자기는 늘 시가 좋다는 칭찬을 받는다는 것이다. 유시호가 신이 나서 떠들 때마다 내가 할 수 있는 말은 아, 그렇구나— 뿐이었다. 그 사이트에서 자기는 고인 물이지만 매년 청소년 문학 캠프와 백일장에 빠지지 않고 참여하고 있다고 덧붙였다. 그곳에서 활동했던 선배들 중에 등단한 사람도 있다고 했다.

"등단이 뭔데?"

"작가가 되는 등용문? 일종의 백일장 같은 건데, 신춘문예나 문예지에 붙으면……, 아, 그게 뭐냐면……. 그래서 너무 어린 나이에 작가로 활동하면 문단 사람들에게 시기를 받을지 몰라서 난 등단은 좀 천천히 할까 해."

나는 무슨 말인지 전혀 알아들을 수 없었지만 유시호는 신이 나서 떠들었다. 채원이가 왜 유시호를 피해 왔는지 충분히 이해가 되었다.

매주 월요일 오전이면 A4용지에 출력해 온 시 한 편이 게시판에 붙었다. 교실에 들어오는 선생님들마다 좋은 생각이라며 유시호를 칭찬해서인지 누가 시키지도 않은 일을 참 열심히 했다. 열심히 읽는 아이도 없었지만 하지 말라고 말리는 아이도 없어서 유시호의 시 붙이기는 계속 이어졌다. 그사이 완연한 봄이 되었다.

벚꽃의 꽃말은 중간고사라 했다. 중학교 성적은 어디에도 쓰일 데가 없어서 그런지 3학년 첫 시험인데도 별로 긴장감이 들지 않았다. 그러나 과학고에 원서를 넣는다는 채원이는 다른 아이들과 달리 일찍 시험공부를 시작했다. 그런 와중에도 쉬는 시간마다 푸는 문제집은 주로 고등 과정의 수학과 과학이었다. 그런가 하면 유시호는 시험공부라는 걸 하지 않았다. 쉬는 시간마다 한결같이 시집을 꺼내 읽고, 늘 들고 다니는 오래된 책을 펼쳐 필사를 했다. 그도 아니면 도서관에서 시간을 보내다 들어오곤 했다. 나는 3학년이 되고, 채원이와 친해진 이후로 더 이상 도서관을 드나들지 않았다.

중간고사는 사흘 동안 이어졌다. 채원이는 전 과목에서 국어 한 개를 틀렸을 뿐인데도 울고불고 난리 법석을 떨었고, 유시호는 국어만 100점이었는데도 활짝 웃으며 좋아했다. 나는 간신히 평균 80점을 넘겼다.

시험이 끝난 날은 진로 특강이 있었다. 시험이 끝났다는 해방감에 아이들은 모두 들떠 있었고, 진로 특강은 당연히 관심 밖이었다. 이번에는 우리 학교 출신의 시인이 온다고 했다. 날도 더운데 졸릴 게 뻔했다. 나와 채원이는 되도록 뭉그적거리다 줄의 맨 뒤로 물러났다. 맨 앞에는 유시호가 서 있었다.

예상대로 특강은 재미없었다. 처음 들어 본 이름이었는데 PPT 맨 앞 장에 빼곡하게 적힌 소개 글을 보니 유명한 시인인 듯했다. 시인은 목소리가 작았고, 아이들은 어수선

했다. 선생님들이 돌아다니며 조는 아이들의 어깨를 툭툭 치며 잠을 깨웠다.

시인은 온 세상의 모든 언어는 시어가 될 수 있다고 설명했다. 한참 흩날리는 벚꽃 잎도, 코끝을 간질이는 바람도, 여름을 불러오는 소나기도, 때론 베인 손가락의 핏방울도, 오늘 아침에 나를 혼낸 엄마의 잔소리나 아빠의 낡은 구두코, 동생의 뒤통수 까치집도, 지긋지긋한 중간고사도 충분히 시의 소재가 될 수 있다고 말했다. 교과서처럼 너무 뻔한 이야기였다. 다들 필기하는 척 고개를 숙이고 있어서 허리를 꼿꼿이 세우고 고개를 끄덕이며 강의를 듣는 유시호의 뒷모습이 도드라져 보였다.

유시호는 시인이 되고 싶은 거겠지? 그래서 저렇게 열심히 시집을 읽고 도서관을 들락거리는 거겠지? 나는 되고 싶은 것도 없고, 이루고 싶은 것도, 관심 있는 것도 없는데 유시호는 벌써 자기 진로를 결정해 이미 그 길로 걸어가고 있었다. 유시호가 새삼 남다르게 느껴졌다. 멍하게 유시호를 바라보는데 박수 소리가 들렸다. 시인의 강의가 끝난 모양이었다. 강당의 아이들이 기지개를 켜듯 등허리를 세우며 단상을 향해 고개를 들었다. 시인은 질문이 있느냐고 물었다. 제발, 제발 아무도 없어라— 시인이 흐뭇하게 웃으며 한 아이를 지목했다. 유시호였다. 아이들의 한숨 소리가 여기저기서 들렸다. 그 바람에 유시호의 질문은 들리지 않았고, 시인은 다시 또 작은 목소리로 웅얼거리듯 답을 했다. 유시호가 고개를 끄덕이더니, 다시 손을 들었다. 유시호의 질문에 시인은 이렇게 대답했다.

"세상을 관찰하는 능력을 키우는 것이 가장 중요하죠. 세상을 사랑해야 가능한 일이니, 우선 해야 할 일은 세계와 나 자신을 아끼는 마음을 갖는 것이지 않을까요?"

곧이어 또 손을 드는 유시호. 이어지는 아이들의 원성. 멀찍이 들리는 유시호의 목소리, 제각각 떠드는 아이들, 그와 상관없이 진지하게, 그러나 뻔한 답을 하는 시인, 배고프다고 징징거리는 채원이까지, 마치 연극의 한 장면처럼 모든 상황이 이상하면서도 웃겼다.

강의가 끝나고 반별로 강당을 빠져나가는데 유시호가 시인에게 달려가는 게 보였다. 시집을 잔뜩 들고 있는 걸 보니 사인을 받을 모양이었다. 유시호의 얼굴이 환하다 못해 빛이 나는 게 멀리서도 한눈에 보였다. 그런 표정의 유시호는 처음이었다.

종례 시간에 간신히 맞춰 들어온 유시호가 시인의 시집을 책상에 내려놓고 자리에 앉았다.

"사인 받았어?"

응! 유시호가 큰 소리로 대답하는 바람에 담임 쌤에게 주의를 받았다. 담임 쌤은 시험이 끝났다고 너무 풀어지지 말라고 당부했다. 유시호는 담임 쌤을 쳐다보지도 않고 시인의 사인을 가만히 손으로 쓰다듬었다. 마치 모든 걸 다 얻은 사람처럼 보였다. 유시호는 내가 자기를 쳐다본다는 걸 알고 혼잣말처럼 중얼거렸다.

"언니가 제일 좋아하던 시인이었거든."

담임 쌤이 수고했다는 인사를 끝으로 교실을 막 나간 참이었다. 곧이어 아이들이 우르르 교실을 나섰다. 채원이가 내 이름을 불렀다. 규리야!

"언니는 못 만나 본 시인인데 나는 직접 만나서 이야기도 나누고 악수도 했다는 게 믿어지지 않아. 언니도 학교를 다녔다면 지금 나처럼 살았겠지?"

나는 채원이와 유시호를 번갈아 보다 유시호에게 어, 그랬구나.라고 서둘러 말했다.

"나는 정말 최선을 다해 살고 있으니까 언니도 알아줄

거야."

"그럼그럼."

"야! 김규리!"

채원이가 신경질적으로 한 번 더 불렀다.

"빌려줄게."

대여섯 권 중에서 한 권을 내미는 유시호의 눈과 마주쳤다. 눈물이 글썽 맺혀 있었다. 나는 거절하지 못하고 시집을 받아 들고 채원에게 달려갔다. 카페에 갔다가 코노에서 놀기로 약속했기 때문이었다.

나는 녹차라떼를 휘휘 저으며 유시호의 눈물을 떠올렸다. 다른 아이, 유난한 아이, 특이한 아이, 관종이라고 불리는 유시호가 조금 더 궁금해졌다. 채원이가 내 손등을 찰싹 때렸다.

"내가 무슨 말 했는지 안 들었지?"

"아, 응."

"시험 못 봐서 그래?"

"아냐, 그래도 평타는 쳤어."

"아이고, 자알 하셨어요."

농담이었을 것인데, 그 말에 기분이 상했다. 채원이야

원체 공부를 잘하는 아이여서 일단 기본적으로 다른 아이들은 모두 자기보다 못하다고 생각하는 아이였다. 야, 근데……. 채원이가 말끝을 흐렸다.

"왜?"

"너 계속 유시호랑 얘기할 거야?"

"무슨 얘기?"

"그냥 뭐. 둘이 친해 보여서."

"뭐래."

"애들이 너도 이상하게 생각하더라. 유시호랑 붙어 다닌다고."

"내가 언제 붙어 다녔다고 그러냐? 짝이니까 몇 마디 나눈 게 다라고."

"누가 뭐래?"

생각해 보니 괘씸한 기분이 들었다.

"유시호가 어때서?"

채원이가 빙수를 한 수저 꿀떡 넘기고는 나를 빤히 쳐다보며 대답했다.

"찐따 같잖아. 게시판에 혼자 이상한 거 붙이는 것도 우습고, 수업 시간에 멍때리면서 딴생각하는 걸 마치 제가 뭐라도 된다는 듯이 행세하는 것도 마음에 안 들어. 글은 좀 쓰나 본데 그게 뭐 대단한 것도 아니고. 넌 안 그래?"

"그게 뭐. 까놓고 말해서 유시호가 애들한테 잘못한 게 있냐?"

"누가 잘못했대? 그냥 이상하다는 거지. 야, 근데 너 왜 화내?"

화를 낸 건 아닌데 채원에게는 그렇게 들린 모양이었다.

"아니, 나는……."

"됐어. 나 오늘 코노 안 가."

채원이다웠다. 뭐든 제가 앞장서서 결정하고 결론을 내리는 성격. 똑똑해서 늘 주인공 대접을 받아 왔으니 저렇게 구는 것도 이해할 만했지만, 그날은 참 별로였다.

"그러든가."

채원이는 벌떡 일어나 카페를 나갔다. 뭐니, 나는 채원이의 뒷모습을 한참 노려봤다. 같이 집에 가게 될까 봐 카페에 더 오래 앉아 있기로 했다. 녹차라떼는 얼음이 녹아 싱거워졌고, 핸드폰은 배터리가 간당간당했다. 어쩔 수 없이 유시호에게 빌려 받은 시집을 꺼내 들었다. 시집이라니, 카페에 앉아 시집을 읽는 내가 되게 이상하면서도 뭔가 있어

보이는 것 같았다. 처음으로 시집 한 권을 완독한 날이었다.

 중간고사가 끝난 뒤로, 아니 진로 특강이 끝난 뒤로, 아니 그 일이 있은 이후로 유시호는 쉬는 시간에 자리를 자주 비웠다. 점심시간엔 어디에도 보이지 않았다.

 그 일이 벌어진 건 중간고사 교과 우수상 시상을 했던 월요일이었다. 채원이가 3학년 대표로 단상에 올랐다. 시험 마지막 날 이후로 괜히 어색해진 채원이었다. 나는 박수를 치다 말았다. 교과 우수상 외에 시·도 대회에서 상 받은 아이들 몇몇의 시상식도 있었다. 그중에 유시호도 있었다. 교육청에서 주최한 친구 사랑 글짓기 대회에서 가작을 받았다고 했다. 단상에 서서 아이들을 향해 꾸벅 인사하는 유시호의 교복 치마가 다른 날보다 훨씬 길어 보였고 머리는 더 덥수룩해 보였다. 그날 국어 쌤은 수업 시간에 유시호가 상을 받은 시를 읽어 주었다. 다시 박수를 쳐 주자고 했다. 아이들은 기계적으로 박수를 쳤고, 유시호는 허리에 힘을 주고 꼿꼿하게 앉아 히죽 웃음을 지었다. 그 모습을 물끄러미 바라보던 채원이는 팔짱을 낀 채 입을 앙다물고 있었다. 굳게 닫힌 입술이 매서워 보였다.

점심시간이었다. 아이들이 유시호 자리에 둥그렇게 모여 있었다. 다가가 보니 유시호는 보이지 않고 채원이가 유시호의 자리에 앉아 낡은 책을 뒤적이고 있었다. 한눈에 유시호가 늘 필사를 하던 책이라는 걸 알았다. 문제는 국어 쌤이 읽어 준, 유시호가 상 받은 시가 그 책에 고스란히 적혀 있었다는 것이다.

"진짜 뭐 대단한 재능이라도 있는 줄 알았는데, 별거 아니잖아!"

채원이가 비죽대며 책의 앞뒤를 살폈다. 표지를 보니 근처 고등학교의 졸업 문집이었다. 표지에는 유시은이라는 이름이 적혀 있었다. 채원이 옆에 있던 아이가 소리쳤다.

"유시은이 유시호 언니잖아! 우리 언니가 걔네 언니랑 같은 반이었거든."

"베끼는 것밖에 할 줄 모르는 애였네."

나는 채원이를 이해할 수 없었다. 언제부터 유시호에 대해서 관심이 있었다고. 그때 유시호의 목소리가 들렸다.

"저기, 내 자린데…… 비켜 줄래?"

채원이가 픽 웃으며 자리에서 일어나더니 나와 유시호를 번갈아 힐끔 쳐다보고는 제자리로 돌아갔다. 아이들도 유시호에게 자리를 열어 주고 제각각 흩어졌다.

"그럼 사기 친 거네?"

누군가가 다 들으라는 듯이 큰 소리로 말했다.

"저작권 침해로 신고해야 하는 거 아냐?"

"상부터 반납해야지!"

다른 때라면 관심도 없던 유시호에게 아이들은 저마다 한마디씩 보탰다. 키득거리거나 샐쭉대는 아이들 사이에서 유시호는 자리에 앉아 펼쳐진 낡은 문집을 조용히 서랍 속에 넣었다. 그러고는 여느 날과 다르지 않게 시집을 읽어 나갔다. 그러나 얼굴이 점점 빨개지더니 펼쳐진 시집에 눈물방울이 뚝뚝 떨어졌다. 나는 어쩌지 못하고 조심스럽게 물었다.

"괜찮아?"

유시호는 고개를 가로저었다. 나는 나도 모르게 유시호의 어깨를 감싸 안았다. 아이들이 나를 어떻게 볼지 상관하지 않았다.

그날 이후, 분명히 유시호는 달라지기 시작했다. 거리낌 없이 아이들에게 말을 걸던 모습이 사라진 것도 그 무렵이었다. 아이들 사이로 끼어들기 위해 어색한 웃음을 짓거나 생뚱맞은 질문도 하지 않았다. 더 이상 혼잣말을 중얼거리지도 않았다. 교실에 조용히 내려앉는 먼지처럼 유시호는 조용히, 그러나 변함없이 시집을 읽으며 자기 자리만 지켰다.

"유시호 위클래스에서 나오더라?"

채원이는 수학 문제를 채점하며 무심히 한 말이었는데, 근처에 모여 있던 아이들이 동시에 유시호를 쳐다봤다. 그러고는 유시호에 대해 쑥덕이기 시작했다.

걔가 왜? 죽고 싶대? 헐. 자해라도 한 거야? 미쳤냐, 좀 조용히 해. 뭐가, 못 할 말 했냐. 아, 맞어. 쟤 언니가 무슨 병이라던데. 우리 언니가 그러는데, 그래서 학교도 그만뒀대. 아이들의 시선이 동시에 그 말을 한 아이에게 쏠렸다. 아니, 나도 들은 얘기야. 진짠진 나도 모르고. 어쩐지 애가 음침하긴 했어. 맨날 교실에 남아 있다가 집에도 늦게 가더라고. 그게 뭔 상관이냐? 그럼 상담도 그것 때문에 받은 거야? 아니 모른다니까. 거짓말해 온 거 쪽팔려서 괜히 힘든 척하는 건 아니고?

아이들의 이야기는 중구난방이었고, 정작 말을 꺼낸 채원이는 다시 문제집으로 고개를 돌렸다. 복잡한 기호가 잔뜩 그려진, 나는 읽을 줄도 모르는 수학 문제인데 틀린 것 없이 모두 빨간 동그라미가 그려졌다.

  나는 창가 옆자리에 앉아 멍하게 창밖을 바라보는 유시호를 바라봤다. 3교시 국어 시간이 떠올랐다. 국어 쌤이 유시호를 불러 일으키더니 상장을 내밀었다. 청소년 백일장에서 상을 받았다는 것이었다. 그러나 아이들은 박수를 치지 않았다. 그 버릇 아직도 못 버린 거야? 누군가의 혼잣말이 크게 들렸고 몇몇 아이들이 쿡쿡 웃어 댔다. 국어 쌤은 유시호가 쓴 시에 대해서 설명했다. 봄이라는 소재로 꽃은 필 때가 아니라 질 때에 비로소 그 의미가 심화된다는 내용이었다며 문장이 아주 수려했다고 했다. 국어 쌤의 칭찬이 길어질수록 유시호의 고개가 점점 더 숙여졌다. 위클래스에서 나왔다는 얘기가 심상치 않게 느껴졌다. 그래도 게시판에는 새로운 시가 붙어 있었다.

너에게*

    최승자

---

* 〈너에게〉 전문, 최승자, ≪이 時代의 사랑≫, 문학과지성사, 1981

마음은 바람보다 쉽게 흐른다.
너의 가지 끝을 어루만지다가
어느새 나는 네 심장 속으로 들어가
영원히 죽지 않는 태풍의 눈이 되고 싶다.

어쩐지 비장하게 읽혔다. 다시 읽어 보니 스산하게 읽혔다. 또다시 읽어 보니 간절하게 읽히기도 했다. 나는 〈너에게〉 앞에 한참을 서 있었다.

기말고사를 앞두고 계절은 여름으로 빠르게 치달았다. 덥고 습한 날들이 이어졌고 아이들은 시험공부에 여념이 없었다. 같은 청소 당번이었던 채원이는 청소 시간 내내 시간이 아깝다고 찡찡거렸다. 시험 기간이 되어 예민해진 탓이려니 했다. 나는 묵묵히 청소를 마치고 채원이와 같이 교무실에 갔다. 채원이가 과학 쌤에게 질문할 것이 있다고 했다. 나는 교무실 밖에서 기다렸다. 우르르릉, 천둥소리가 들렸다. 채원이는 한참 지나서야 교무실에서 나왔다. 그러더니 학원에 늦었다며 종종걸음으로 앞장섰다. 나는 조용히 채원이를 뒤따랐다. 신발을 갈아 신는데 기다렸다는 듯이 소나기가 쏟아지기 시작했다. 그제야 우산을 교실에 놓고 온 것이 생각났다. 채원이는 학원 시간에 맞춰야 한다며 먼저 가겠다고 했다. 나는 허탈했지만 어쩔 수 없이 채원이를 먼저 보내고 터덜거리며 다시 교실로 올라갔다.

교실 문을 열자마자 나는 흠칫 놀랐다. 번쩍 번개가 쳤고, 그 순간 어둑한 교실에 혼자 앉아 있던 유시호의 실루엣이 드러났기 때문이었다. 문소리에 유시호가 고개를 돌려 나를 바라봤다. 김규리, 안녕! 유치원생도 아니고 매번 똑같이 저 김규리, 안녕이라고 첫마디를 건네는 유시호였다. 어, 유시호도 안녕. 교실에 아무도 없어서였을까, 나도 모르게 유시호에게 맞장구를 쳐 주었다. 유시호가 슬쩍 웃으며 물었다.

"이 시간에 무슨 일이야?"

그건 나도 묻고 싶었다.

"어, 우산을 놓고 가서."

책상 서랍도, 사물함에도 우산은 보이지 않았다. 늘 한두 개씩 굴러다니던 주인 잃은 우산도 그날따라 보이지 않았다. 같이 찾겠다며 유시호도 교실을 뒤지며 다녔다. 어디에도 우산은 보이지 않았다. 비를 맞고 가야 한다는 생각에 한숨이 나왔다. 그러자 유시호가 같이 가자고 했다.

"아냐. 너 하던 거 해."

"맨날 하는 일인데 뭐."

"시집 읽고 있었구나."

유시호의 책상 위에는 읽던 시집이 놓여 있었다. 제목은 ≪목성에서의 하루≫였다.

"빌려줄까?"

나는 여느 때처럼 거절하지 못하고 시집을 받아 든 다음 유시호와 함께 교실을 나섰다. 유시호와 한 우산을 쓰고 가야 한다니. 나를 두고 먼저 가 버린 채원이가 더욱 야속하게 느껴졌다.

"우산 사면 되니까 편의점 앞까지만 가 줘."

"괜찮아. 아파트 현관까지 같이 갈게. 너랑 나랑 같은 단지인 거 몰랐지? 나 너네 옆 동에 살아."

"아, 그랬니?"

한 학기가 다 되도록 그 사실을 몰랐다는 것이 괜히 미안했다. 학교에서 큰 사거리까지 5분, 사거리에서 아파트 단지까지 10분 정도 걸어야 했다. 유시호가 먼저 우산을 펼쳐 들고 나를 기다렸다. 나도 모르게 주변을 자꾸 두리번거렸다. 같이 걸어갈 15분이 너무 길게만 느껴졌다.

다른 때의 유시호라면, 아니 내가 아는 유시호라면 오늘 교실에서 읽고 있던 시에 대해서 떠들 만도 한데, 한 우산을 같이 쓰고 걷는 동안 유시호는 아무 말도 하지 않았다. 그사이 사거리에 도착했고, 신호를 기다리기 위해 잠시 멈춰 서야 했다. 그때 유시호가 입을 열었다.

"내가 빌려준 시집을 읽은 건 너밖에 없었어."

뭐라고 대답해야 할지 몰랐다. 우물쭈물하는 사이, 극성스럽던 소나기의 기세도 한풀 꺾여 빗발이 잦아들기 시작했다.

"가자."

신호가 바뀌자 유시호가 먼저 발을 뗐다. 유시호는 우리 동 앞에서 멈춰 섰다. 나는 조심스럽게 입을 열었다.

"사실, 네가 빌려준 시집. 처음엔 무슨 소리인지 하나도 몰랐는데 읽다 보니까 읽히기는 하더라."

유시호가 배시시 웃더니 김규리, 잘 가.라고 인사를 했다. 나는 유시호도 잘 가.라고 대답하고 아파트 현관으로 뛰어 들어갔다. 그러다 이내 되돌아 유시호를 불렀다. 유시호가 뒤돌았다.

"근데 왜 언니 시를 베낀 거야?"

생각해 보니 아무도 유시호에게 이유를 묻지 않았던 것이다. 우산을 쓴 유시호가 잠깐 주저하더니 천천히 입을 열었다.

"언니 같은 사람이 되고 싶었거든."

나는 가만히 유시호의 다음 말을 기다렸다.

"시인이 되고 싶어 한 건 언니였어. 내가 언니 흉내를 낸 거야. 시인이라도 된 것처럼 굴었던 건 언니가 못 하는 걸 대신 해 주고 싶었기 때문인데……, 이젠 잘 모르겠어. 언니가 이런 걸 바랐을까 싶기도 하고. 이제는 언니가 바란 건지, 내가 바란 건지도 모르겠고. 언니는 지금 병원에 있거든. 언제 퇴원할지 모른다는데……. 미안, 내가 무슨 말 하는지 잘 모르겠지?"

응, 나는 잘 모르겠다, 시호야. 그래도 나는 고개를 끄덕였다.

"고마워, 김규리."

나는 되돌아 옆 동으로 들어가는 유시호의 모습을 끝까지 지켜봤다.

그간 유시호에게 빌려 받은 시집을 하나하나 떠올려 봤

다. 처음엔 참 안 읽혔는데, 무슨 소리인지, 무슨 뜻인지도 모른 채 글씨만 읽었는데. 읽다 보니 뭔가 느낌이라는 것이 생겼다. 어떤 시는 별로고 어떤 시는 이유도 모른 채 좋게 느껴지기도 했다. 대체로 유시호가 좋다고 소개한 시들이나 모서리가 접혀 있는 시들이 좋았다. 유시호와 나는 다른 사람인데 같은 감정을 느꼈다는 것이 신기했다. 신기했지만 나는 유시호에게 이런 이야기는 하지 않았다. 가끔 다이어리에 마음에 드는 시를 옮겨 적는다는 것도 물론 말하지 않았다.

유시호를 보고 애들은 관종, 찐따라고 말해도 나는 유시호가 꿋꿋하게 시집을 읽고 시를 옮겨 적고 시를 소개하는 일이 좀 멋지다고 여겨졌다. 아무도 눈여겨보지 않아도 매주 새로운 시를 붙이는 일이 유시호에게는 각별한 의미가 있을 터였다. 나 같은 누군가 읽어 줄 때 그 행동의 의미도 더 풍성해질 것이었다. 시를 사랑하는 유시호가 훌륭한 시인이 될지 누가 알겠는가. 어쩐지 유시호가 빌려준 시집을 읽어 온 보람이 있는 것 같았다. 이참에 유시호에게 시집을 좀 더 빌려 달라고 해야겠다는 생각이 들었다.

그러나 유시호는 다음 날 학교에 나오지 않았다. 담임 쌤은 별말이 없었다. 유시호가 결석한 걸 아무도 모르는 것 같았다. 나만 궁금해하고 나만 걱정하는 것 같았다. 유시호의 빈자리가 자꾸 도드라져 보였다. 아이들이 유시호에 대해서 궁금해하지 않는 것도 괜히 신경질이 났다. 인정하기 싫었지만 무슨 사정이 있는지 나에게 말해 주지 않은 것도 못내 서운했다. 끊임없이 유시호를 마음에서 밀어냈으면서 이제 와서 서운하다고 느끼는 내 자신이 참 이기적이라는 생각이 들었다.

점심시간이 되어서야 아이들이 내게 다가와 묻기 시작했다.

"넌 뭐 아는 거 없어?"

"유시호가 유일하게 말했던 사람이 너였잖아."

"너네 둘이 친한 거 아니었어?"

"너도 같이 시집 읽고 그러지 않았냐고."

"니네 옆 동에 산다면서, 소식 못 들었이?"

불쾌해진 나는 입을 꾹 다물고 아무 대꾸도 하지 않았다. 채원이는 관심 없다는 듯 과학고 입시 기출 문제집을 꺼내 풀고 있었다. 문자라도 해 볼까 했는데, 생각해 보니 나는 유시호의 연락처도 없었다. 종례를 마친 후 나는 담임 쌤을 따라가 유시호의 안부를 물었다.

  담임 쌤이 알려 준 병원을 찾아가는 건 어렵지 않았다. 신도시의 유일한 종합 병원이었기 때문이다. 병원 입구의 안내도를 따라, 본관 건물 뒤편으로 돌아 들어가니, 장례식장이라고 크게 써 있는 건물이 나타났다. 나는 조심스럽게 건물 안으로 들어갔다. 중앙 현관의 현황판 가장 아랫줄에 유시은이라는 이름이 적혀 있었다. 나는 교복을 매만진 후, 숨을 크게 쉰 다음 유시은이라는 이름이 써 있는 호실을 찾았다. 유독 손님이 없는 호실이 소녀의 영정 사진이 걸린 곳이었다. 소녀는 짧은 머리에 코 피어싱을 하고는 활짝 웃고 있었다. 너무 환한 웃음이어서 가슴이 시큰해졌다. 유시호는 검은 옷을 입은 사람들의 가장 끄트머리에 앉아 있었다.
  두 눈이 붉게 충혈된 유시호 어머님이 연신 고맙다는 말을 하시며 내주신 육개장을 앞에 두고 나와 유시호가 마주 앉았다. 나는 어떤 말을 건네야 하는지 몰라 우물쭈물하다 유시호와 눈이 마주쳤다. 핏기 없는 얼굴이 초췌해 보였다.
  "언니랑 너랑…… 참 많이 닮았더라."

유시호가 고개를 끄덕이더니 내 앞으로 떡과 반찬을 밀어 주었다. 그러곤 많이 먹으라고 했다. 식욕이 있을 리 없었지만 유시호가 말한 대로 내 앞에 차려진 음식들을 싹싹 다 비웠다.

만류했는데도 유시호는 병원 입구까지 나를 배웅하러 따라나섰다. 나는 조심스럽게 물었다.

"학교는 언제부터 나오는 거야?"

"잘 모르겠어. 꼭 가야 되나 하는 마음이 들어. 애들 보기도 좀 그렇고."

"애들은 이미 다 잊었을 거야. 신경도 안 쓸걸?"

"하긴. 내가 뭐라고."

"아니, 그런 뜻이 아니라……."

유시호가 무슨 말인지 안다고 대답했다. 그리고 와 주어서 고맙다고 했다.

"시간이 필요할 거 같아."

나는 유시호의 손을 잡았다. 유시호의 손은 데일 듯이 뜨거웠다. 마주 잡은 손을 내려다보던 유시호가 고개를 끄덕였다. 나는 담임 쌤한테 배워 온 '삼가 고인의 명복을 빕니다.'라는 말을 결국 하지 못한 채 병원을 나섰다. 문득 뒤돌아보니 어느새 유시호는 보이지 않았다.

  유시호는 그 뒤로 계속 학교에 나오지 않았다. 기말고사를 보고, 방학식을 했는데도 유시호의 자리는 늘 비어 있었다. 빈자리를 볼 때마다 유시호의 뜨거운 손이 떠올랐다. 그럴 때면 게시판에 붙어 있는 색이 바랜 〈너에게〉를 읽고 읽었다.

  길고 지루한 여름 방학이 끝나고 2학기가 시작되었다. 개학 날 아침, 교실에 들어서는데 게시판에 하얀 종이가 펄럭였다. 나는 게시판 앞으로 천천히 다가갔다.

  누군가 거짓말이라고 한 자리,
  에 앉아
  떠난 이를 생각한다
  한때 닮고 싶었던 바람을 품었으나
  깊은 반성을 우물에 떨어뜨리고
  검은 눈물을 거울에 비추었으니
  이제
  가버린 사람 대신

여름 햇살을 맞이하도록 하자

안녕, 안녕

 시의 지은이는 유시호였다. 때마침 아침 햇빛이 환하게 교실에 들어차기 시작했다. 아주 오래된 풍경처럼 유시호는 자기 자리에 앉아 시십을 읽고 있었다.

아이돌의 사촌 · 정은

나의 악몽은 늘 같다. 아침에 등교해서 교실 문을 열면 모두들 나를 주목하고 있다. 차갑고 냉혹한 시선들. 나는 얼굴이 붉어진 채로 얼어붙어서 제발 이게 꿈이었으면 하고 바란다. 비명을 지르고 싶지만 비명조차 입 밖으로 나오지 않아 속으로 비명을 내지른다. 비명이 배 속에서 내장 사이를 돌고 돈다. 비명이 발끝에 도달하면 절벽에서 떨어진 듯한 기분을 느끼며 깬다. 다행히도 매번 꿈이었다. 하지만 꿈이었다는 걸 알게 되어도 내 안에서 돌던 비명이 여전히 내 주위를 맴도는 기분이다. 손을 뻗었을 때 내 오래된 곰 인형 쿠오가 잡히면 그제야 안심을 한다. 이제는 솜이 다 납작해지고 털이 다 빠진 쿠오지만 쿠오가 가진 힘은 막강하다. 쿠오는 나를 안심시킬 수 있다. 나는 쿠오를 꼭 껴안고 말한다. '이제 괜찮아, 괜찮아. 두려워할 일은 아무것도 없어. 너는 잘못한 게 없잖아.'

쿠오는 내가 태어났을 때 외할아버지가 선물해 주신 곰 인형이다. 친구들이 우리 집에 놀러 오면 나는 쿠오를 슬그머니 서랍에 넣는다. 우리 개가 곰 인형을 좋아한다고 변명을 하면서. 그러면 눈치 없게 "개가 어디 있어? 안 보이는데?" 하고 묻는 친구가 꼭 있다. 그러면 나는 슬픈 표정을 짓고 "지금은 없어."라고 말한다. 그러면 더 묻는 사람은 없다. 물론 우리 집에 개가 있었던 적은 한 번도 없다. 열일곱 살에 아직도 애착 인형을 갖고 논다는 게 부끄러운 일은 아니지만 나는 그냥 사람들이 이 인형에 대해서 묻는 게 싫다. 아니, 가족 외에 다른 사람들이 내 인형을 보는 것조차 싫다. 인형 안에 너무나 많은 나를 담아 놓아서 그럴지도 모르겠다. 쿠오는 내 수많은 악몽을 봤고, 내가 괜찮다고 수천 번 속삭이는 것을 들었다. 쿠오에 내 마음이 담겨 있다고 할 수도 있는데 그걸 다른 사람이 보는 건 왜 이렇게 싫을까? 내가 내 마음을 싫어하기 때문일까? 아니면 내가 내 마음을 너무나 아끼기 때문일까? 내 마음이 다른 사람의 눈에 닿으면 닳아 버리는 것도 아닐 텐데. 나도 잘 모르겠다. 내 마음을.

잘은 모르지만 내 또래의 다른 아이들도 나와 비슷하지 않을까? 그렇게 믿고 싶다. 다들 집에 가면 아직도 애착 인형이 베개 옆에 있고, 하루아침에 SNS에서 신상이 털리고 사회의 적이 되는 악몽을 꾸고, 꾸고, 또 꾸는 것. 물론 나에게 실질적으로 그런 일이 일어날 가능성은 거의 없다. 나는 학교에서는 없는 것과 다름없는 사람이다. 튀는 행동은

극도로 자제한다. 왕따는 아니지만 인기 있는 사람도 아니고 부러움도 미움도 받지 않는 그저 그런 중간 사람. 있는 듯 없는 듯한 사람이 되려고 노력한다.

그것도 콘셉트라면 콘셉트이지. 그런 콘셉트를 유지하는 것도 쉬운 일은 아니다. 그런데 그것이 뒤집히는 일이 일어나 버렸다.

처음 변화가 시작된 것은 2학기가 시작되고 일주일이 지나고부터였다. 어느 날 갑자기 주변 공기가 달라진 듯한 느낌이 들었다. 내가 복도를 걸어가면 사람들이 대화를 멈추고 나를 보면서 수군거리기 시작한 것이다. 내가 늘 꾸는 악몽과 비슷하게. 다만 그게 나쁜 느낌이 아니었다. 악몽에서 그랬던 것처럼 차갑고 냉혹한 시선이 아니라 약간의 호기심과 즐거움이 담긴 시선이었다. 기분이 잠깐 좋다가도 왜 그런지 이유를 알 수가 없어서 불안했다. 매점에서 과자를 사려고 줄을 서면 앞서 계산했던 사람이 "이거 너 먹어." 하고 과자를 주고 간다. 친해지고 싶다며 편지를 주고 가는 사람도 있었다. 우리 반도 아니고 나는 얼굴도 모르는데 쟤들은 어떻게 나를 아는 건지 도대체 알 수 없는 노릇이었다. 사람이 하루아침에 그냥 인기인이 될 수도 있는 걸까?

하지만 나는 인기인이 될 자질 같은 건 전혀 없다. 기분 좋게 그걸 누려도 좋으련만, 나는 살면서 단 한 번도 그런 적이 없어서 불안하고 또 불안했다. 출석 부를 때 이름이 불려도 심장이 터질 듯 불안한 사람들이 있는데 그게 바로 나다.

사람들이 갑자기 나한테 잘해 주는 이유를 알게 된 것은 일주일 뒤였다. 버스를 타고 집에 가는데, 우리 학교 교복을 입은 모르는 애 두 명이 다가왔다. 한 명은 모자를 썼고, 한 명은 안에 입은 티셔츠 브랜드명이 잘 보이도록 교복 셔츠 단추를 다 풀었다. 모자 쓴 애가 물었다.

"네가 아이돌 사촌이라며?"

티셔츠 입은 애가 물었다.

"그 아이돌이 대체 누구야?"

"나는 BYS의 서태웅의 사촌으로 알고 있었는데, 얘가 EZO의 서지원의 사촌이라는 거야. 도대체 누구야?"

"태웅 오빠 사촌 맞지? 맞다고 해 줘."

둘의 눈이 빛나고 있었다. 간절하게.

그렇다. 이것 때문이었다. 그제야 깨달았다. 모든 게 헛소문 때문이었다. 학기 초에 자기소개를 할 때였다. 차례대로 앞으로 나가서 자기소개를 하는데 나는 입이 떨어지지 않아서 아무 말도 못 하고 있었다. 그때, 같은 중학교를 나온 민영이가 외쳤다. "쟤는 아이돌의 사촌이에요!" 아이들이 웅성웅성한 틈을 타서 나는 아무한테도 들리지 않을 개미 같은 목소리로 자기소개를 마치고 자리로 돌아올 수 있었다. 틀린 말은 아니었다. 사촌 오빠가 실제로 아이돌로 데뷔를 하기 직전이었으니까. 그런데 사촌 오빠는 술에 만취해서 동료를 폭행해 팀에서 퇴출당했다.

그러고는 바로 군대에 가 버렸고 그 팀은 사촌 오빠를 뺀 상태로 데뷔를 했다. BYS나 EZO는 아니지만 그래도 비교적 잘나가는 그룹이다. 사촌 오빠가 퇴출당한 건 비밀에 부치느라 그 뒤로는 아무 얘기도 안 했는데 소문이 돌고 돌아서 아이돌의 사촌으로 크게 소문이 나 버린 것이다. 그것도 인기 톱의 아이돌로. 솔직히 말하자면 나는 아이돌을 닮긴 했다. 여자 아이돌 말고 남자 아이돌. 사촌으로 소문나는 것도 무리는 아니지. 하지만 남자 아이돌을 닮은 여학생은 남자한테도 여자한테도 인기가 없다. 그런데 지금 그게 문제가 아니라, 이 소문을 어떻게 수습하지? 일단 이 상황에서 벗어나야 했다. 나는 심호흡을 한 번 하고 대답했다.

"아 그건, 미안해. 말할 수 없어. 사촌 오빠가 사생활 보호 차원에서 밝히지 말라고 했어."

"어쨌든 둘 중 한 명인 거지?"

나는 대답을 하지 않고 웃었다. 겉으로는 웃고 있지만 식은땀이 줄줄 흘렀다. 그리고 버스가 정차하자마자 내렸다. 사실을 들킬까 봐 심장이 터질 것 같았다. 원래 내려야 하는 정류장에서 한참 전에 내렸기 때문에 집까지 걸어가야 했다. 가면서 생각했다. 이 상황을 어쩌면 좋지? 우리 사촌 오빠가 한때는 아이돌이었지만 지금은 팀에서 퇴출되었다고 하면 사람들이 나에 대한 관심을 꺼 버릴까? 냉혹한 시선을 받게 되면 어쩌지? 그동안 내가 사람들을 속였다고 생각하면 어쩌지? 내가 사람들을 실망시킨 걸까? 나는 아무것도 잘못한 게 없는데. 술을 마시고 폭력을 행사한 건 내가 아니지만 난감했다. 괜히 나까지 잘못한 것 같았다. 어떻게 대처를 해야 할지 알 수가 없어서 나는 일단 진실을 밝히지 않고 말없이 웃으며 대응하기로 했다. 집에서 한 문장을 반복해서 연습했다.

"미안해. 자세한 건 말할 수 없어. 사촌 오빠가 사생활 보호 차원에서 밝히지 말라고 했어."

"미안해. 자세한 건 말할 수 없어. 사촌 오빠가 사생활 보호 차원에서 밝히지 말라고 했어."

"미안해. 자세한 건 말할 수 없어. 사촌 오빠가 사생활 보호 차원에서 밝히지 말라고 했어."

마치 비밀인 것처럼 속삭이듯이 그렇게 대답하면 사람들이 더 캐묻진 않았다. 그렇지만 나에 대한 호의의 시선까지 거두지는 않았다. 어딜 가도 환대받고, 환영받는 느낌이었다. 내가 그 느낌을 온전히 즐길 수 있었다면 어땠을까? 나는 완전히 다른 사람이 될 수도 있었겠지. 사랑받는 게 당연하고, 학교에 가는 것이 즐겁고. 그렇게 살다가 비밀을 감춘 채 무사히 졸업을 하면 되었을 것이다. 하지만 나는 그런 관심이 부담스럽기만 했다. 호의든 악의든 내 존재가 드러나는 게 싫었다. 예전처럼 있으나 마나 한 존재로 무사히 지내다가 졸업하고 그 누구의 기억에도 남지 않는 존재가 되고 싶었다. 하지만 상황은 점점 악화되었다. 우리 반 담임 선생님 때문이었다.

학기 초 모의고사에서 우리 반이 꼴등을 해서 담임 선생님은 화가 많이 났다. 그래서 우리를 괴롭힐 방안을 연구라도 한 듯 수업이 끝날 무렵 폭탄선언을 했다.

"곧 축제인데, 축제는 열심히 한 사람들이나 즐기는 거야. 니들은 꼴찌니까 그 시간에 공부나 더 하도록. 우리 반은 참가 안 한다."

그러자 모두 난리가 났다.

"그러면 따로 계획이 있니?"

교실이 순식간에 조용해졌다. 그런 게 있을 리가. 다들 아무런 계획이 없었다.

우리 반엔 이상하게도 끼 있는 애들이 없었다. 그나마 그런 쪽에 재능이 조금이라도 있는 애들은 자기들끼리 사이가 좋지 않았다. 선생님이 누가 맡아서 하라고 강제로 팀을 만들어 주고 계획이라도 세워 주면 그럭저럭할 수도 있을 텐데. 아무도 나서지 않았고 침묵이 계속되었다. 그런데 그때 누군가 소리쳤다.

"주영이가 아이돌 사촌이잖아요."

모두들 와— 소리 지르며 박수를 치기 시작했다. 담임 선생님은 동요하지 않았다.

"아이돌 사촌이 뭐, 아이돌 사촌이면 다 춤 잘 추냐? 아이돌의 쌍둥이 동생이면 몰라도."

"사촌 오빠한테 배워 오면 되잖아요."

누군가 소리쳤다.

"아니면 불러와서 같이 춰!"

나만 빼고 모두들 환호성을 지르며 박수를 쳤다. 아니 다들 정말 그런 게 가능하다고 생각하는 걸까? 다들 돌았나? 나는 반박도 못 했다. 이미 심장이 떨려서 기절하기 직전이었기 때문이다.

"니들이 그렇게 말하는 걸 보면 주영이한테 숨은 끼가 많은가 보네? 나는 수줍은 성격인 줄로만 알았지. 그럼 니들이 주영이랑 잘 상의해서 정해 봐."

담임 선생님은 한결 부드러워진 표정으로 교실을 나갔다. 맙소사, 그렇다. 나는 망했다.

나는 고개를 감싸고 책상 위에 엎드렸다. 두통이 몰려왔다.

"주영아, 너 무대 나가는 거 힘들면 사촌 오빠 그냥 데리고 와도 돼. 그 정도는 부탁할 수 있을 거 아냐. 너네 사촌 오빠 나오면 그냥 그 순간 끝이야. 그 무대 우리 거야."

"그런 걸 일당백이라고 하지."

"오빠 바쁘면 영상 통화로 연결해도 돼. 무대 뒤에 큰 화면 설치할 거거든."

"우린 너만 믿을게!"

등 뒤에서 들리는 목소리들이 환청처럼 들렸다. 이 사태를 어떻게든 수습해야 했다.

 우리 학교 축제는 다른 학교에서 구경 올 정도로 유명하다. 반 대표로 한 팀씩 무대에 오르는데 다들 실력이 꽤 좋다. 인기투표로 상도 준다. 심지어 매년 누군가 축제 영상을 찍어서 유튜브에 올리는데 조회 수도 잘 나온다. 그런데 나 혼자 무대를 어떻게 감당하라고? 아이돌 그룹에서 퇴출당한 사촌 오빠는 군대에 있는데 어떻게 영상 통화를? 춤을 배우려면 군부대 담을 넘어야 하는데? 게다가 나는 몸치에다가 음치, 박치 삼박자를 고루 갖췄다. 고민을 누군가에게 털어놓을까 생각도 했지만 그러면 그동안 거짓말한 게 다 들통나게 될 것이다. 애초에 사실대로 다 밝혔어야 했다.

 신경이 쓰여 밥도 잘 넘어가질 않았다. 나는 저녁 급식을 그대로 다 남기고 학교 건물 주변을 배회했다. 고민하며 걷고 또 걸었다. 그러다가 체육관에 불이 켜져 있는 것을 발견했다.

 답답한 마음에 무작정 체육관으로 들어갔다.

 농구 코트 가운데에 한 사람이 있었다. 교복을 입은 채로

원을 그리면서 돌고 있었는데, 중간중간 멈추더니 이상한 자세를 취했다. 춤도 아니고, 그냥 정말 이상한 자세. 굳이 말하자면 태극권 같은. 그렇게 잠깐 멈춰 있다가 다시 걷고 또다시 이상한 자세를 취하고. 너무 열중해서 내가 들어온 것도 모르고 있는 것 같았다. 유튜버인가? 아니면 그냥 미친 사람인가? 싶어서 다가가 보니 우리 반 성다움이었다. 다움이는 나처럼 있는 듯 없는 듯한 무리 중 하나였다. 나는 그 자리에서 다움아, 하고 불러 보았다. 하지만 다움이는 너무 열중해서 듣지 못하는 건지 일부러 못 들은 척하는 건지 춤에만 열중했다. 다움이의 엄마가 유명한 무용수라는 얘길 어디선가 들은 것도 같았다.

  갑자기 다움이한테 춤을 배우면 어떨까 하는 생각이 들었다. 엄마가 무용수라고 다 춤을 잘 추는 건 아니지만, 아이돌의 사촌이라는 이유로 축제 무대를 맡게 된 나보다는 잘 추겠지. 하지만 다움이와 나는 친하다고 할 수도 없는 애매한 사이였다. 갑자기 다가가서 친한 척하며 춤을 가르쳐 달라고 하고 싶진 않았다. 아니, 조금 더 정확히 말하자면 내가 가진 부담을 나누고 싶지 않았다. 책임을 미루는 것 같았다.

저녁 시간이 끝나는 종이 울렸다. 곧 야간 자율 학습이 시작될 테지만 나는 축제 연습하러 간다고 반장한테 미리 말을 해 두었으니까 교실로 돌아가지 않았다. 다움이는 체육관 문을 향해 달려가기 시작했다. 내가 다움아! 다움아! 크게 불렀지만 다움이는 고개를 돌려서 '어쩌라고?' 하는 표정을 한 번 보여 주고는 그대로 갔다. 하긴 축제 연습을 허락받은 건 나뿐이니까, 다움이는 자리로 돌아가야지.

나는 체육관에 혼자 남아서 아까 다움이가 했던 것들을 흉내 내 보았다. 속도를 내서 빨리하니까 현대 무용처럼 보이기도 했다. 이걸 무대 위에서 할 수도 있지 않을까 하는 생각을 잠시 했지만, 아무리 절박해도 그럴 순 없지. 이건 거의 몸 개그잖아. 축제 분위기를 완전히 망칠 거야.

야간 자율 학습 쉬는 시간을 알리는 종이 울리고 나서 나는 교실로 돌아갔다. 다움이의 자리로 다가갔다. 다움이는 연습장에 낙서를 하고 있었다. 도와 달라고 말을 해 보려고 했지만 입이 떨어지지 않아 옆에 5초쯤 서성이다가 그냥 내 자리로 돌아왔다. 그래, 그럴 순 없어. 혼자서 해결해 보자.

그러고 나서 매일매일 악몽을 꿨다. 늘 꿨던 그 꿈이었다. 내가 복도를 지나가는 동안 차가운 얼굴들이 내게 실망했다고, 내가 사람들을 속였다고 했다. 나는 점점 핼쑥해졌다. 입맛도 없었다. 그냥 안 되겠다고, 못 하겠다고 솔직히 말하면 되는 일인데 이상하게도 그 말을 하기가 죽기보다 싫었다. 사람들을 실망시키고 나면 사람들은 곧바로 또 다른 실망거리를 내게서 찾아낼 것 같았기 때문이다. 내가 가진 단점이 모두 튀어나와서 탈탈 다 털릴 것만 같았.

유일한 희망처럼 보이는 다움이한테는 여전히 춤을 알려 달라는 부탁을 못 했다. 야간 자율 학습 시간에 연습한다고 나와서 체육관에 가서 멍하게 혼자 서 있다가 그냥 돌아왔다. 차라리 멍때리기를 하면 어떨까? 무대 위로 올라가 아무것도 안 하면, 침묵의 춤을 추면 어떨까? 그것도 나름 독특하지 않을까? 아무것도 안 하는 것을 못 견디는 시대니까. 이런 생각을 하며 체육관에 가만히 서 있으니 세상에서 가장 쓸모없는 사람이 된 것만 같았다.

집에 돌아가는 길에는 발걸음이 너무 무거워서 발이 바닥으로 푹푹 꺼지는 것 같았다. 그래서 천천히 걸을 수밖에 없었다.

그날 내가 그 할머니를 밟지 않을 수 있었던 것도 오로지 그 덕분이었다.

엘리베이터 앞에 사람이 누워 있으리라곤 예상치 못했다. 나는 누워 있는 할머니를 피하려다가 옆으로 꼬꾸라질 뻔했다. "이런 데서 주무시면 안 돼요!" 외치고 보니 할머니 머리에서 피가 나고 있었다. 당황해서 옆집과 우리 집 초인종을 눌렀는데 아무도 대답이 없었다. 나는 곧장 119에 신고했다. 생각해 보니 엘리베이터에서 몇 번 마주친 적이 있는 옆집 할머니였다. 내가 할머니 옆에 앉아서 구급대원을 기다리는 동안 구급대원은 나한테 전화를 끊지 말고 계속 상황을 설명해 달라고 했다. 나는 울먹이느라 목소리가 제대로 나오지 않았다. 할머니가 안타까웠다기보다는 그냥 울고 싶었는데 마침 울 핑계가 생긴 것이다. 모든 것이 무서웠다. 옆집 할머니의 사고도, 다가올 축제도, 무대도.

　구급대원들이 도착할 무렵 집에 돌아온 우리 엄마가 옆집 할머니의 보호자를 대신해 그 구급차를 타고 병원으로 갔다. 나는 내 방에 돌아와서 쿠오를 안고 한참을 더 울다가 잠들었다. 그날은 악몽을 꾸지 않았다. 자기 전에 눈물을 너무 많이 흘려서 그날 치의 악몽이 눈물을 타고 밖으로 다 떠내려간 것 같았다.

다음 날 아침에 일어나니 신기하게도 몸이 개운했다. 마음도 한결 가벼웠다. 엄마가 옆집 할머니가 늦지 않게 병원에 가서 응급 처치를 받고 무사하시다는 소식을 전해 준 것도 한몫했다. 아주 오랜만에 내 자신이 쓸모 있는 존재가 된 것 같았다. 학교에 가면서 어제와는 다른 생각이 처음으로 들었다. 누군가를 돕는 게 이렇게 기쁜 일이라면, 도와 달라고 누군가에게 손을 내미는 게 나쁜 것만은 아니지 않을까? 도울지 말지는 그 사람의 선택이지. 도움을 받을 수도 있고 못 받을 수도 있지만 내가 손을 내밀지 않는다면 거절당할 기회조차 없다. 내가 손을 내밀기 전에는 도움이 필요하다는 사실조차 모르고 있을 수도 있으니까. 나는 그동안 누군가 나를 알아보고 먼저 도와주러 오기만을 잠자코 기다리고 있었던 게 아닐까?

나는 등교하자마자 다움이 자리로 갔다. 다움이는 공책에 낙서를 하고 있었다. 도와 달라고 말을 하고 싶었지만 말이 입에서 떨어지지 않았다. 나는 내 자리로 돌아가 심호흡을 한 번 하고 포스트잇에 메모를 했다. 그리고 다시 다움이 자리로 가서 다움이가 낙서를 하고 있는 공책 한가운데에 붙였다.

나 좀 도와줘. 너 춤 좀 추니?
나랑 같이 축제 무대에 나갈래?

다움이는 아무 말 없이 무표정한 얼굴로 내 눈을 올려다보았다. 나는 시선을 피하지 않았다. 다움이는 내 메모 아래에 무언가 적더니 내 손등에 포스트잇을 붙였다.

저녁 시간, 체육관

내 심장이 터질 것 같았는데 그 감정이 기쁨인지 두려움인지 알 수가 없었다.

시간이 어떻게 흘렀는지 모르겠다. 저녁 시간이 되자 나는 여전히 터질 것 같은 심장 소리를 느끼며 체육관으로 직행했다. 혼자 서성이며 다움이를 기다렸다. 데이트 상대를 기다리는 것도 아닌데 왜 이렇게 떨리는지……. 마침내 다움이가 걸어와서 지난번처럼 농구 코트 한가운데 섰다. 나는 마치 결투를 하려는 사람처럼 비장하게 그 앞에 마주 보고 섰다. 다움이는 팔짱을 끼고 말했다.

"나한테 그런 부탁을 하려면 나에 대해서 조사라도 먼저

하고 와야 하는 거 아니니?"

"알아. 너네 엄마 무용수라며."

나는 주머니에서 미리 준비한 캔 음료와 간식을 꺼내 건네며 말했다.

"그리고 너 춤추는 것도 봤어. 그래도 너는 리듬감이 있잖아. 나 대신 네가 나가면 어떨까? 축제! 넌 이미 준비되어 있잖아."

다움이가 말없이 내 눈을 빤히 쳐다봤다. 그러고 물었다.

"나 놀리는 거 아니지? 너 정말 몰라서 그런 말 하는 거지?"

"뭘 몰라?"

다움이는 운동화 끝으로 체육관 바닥을 툭툭 쳤다. 아무 말도 하지 않았다. 느낌으로는 거의 백만 년쯤 흐른 뒤에 다움이가 말했다.

"나 발레 하다가 그만둔 거 너는 모르는구나."

"왜 그만뒀어? 잘하는데?"

"무대 공포증 때문에."

그 순간 저녁 시간의 끝을 알리는 종이 울렸다. 다움이는 음료수를 들이켜고 말없이 체육관 문을 향해 걸어갔다. 나는 황급히 다움이를 따라가며 등 뒤에 대고 말했다.

"미안해, 정말 몰랐어. 알았으면 그렇게 말 안 했을 거야."

운동장에서 놀던 애들이 땀 냄새를 풍기며 교실로 뛰어 들어가고 있었다. 다움이는 그 무리들 사이로 섞여 들어갔다. 나는 일정한 거리를 유지하며 다움이를 따라갔다. 계단을 올라가다가 담임 선생님을 마주쳤다. 담임 선생님이 소리쳤다.

"어이, 아이돌 사촌! 축제 준비 잘돼 가지?"

나는 얼굴이 빨개진 채 아무 말도 할 수가 없었다.

다움이는 순간 멈칫하더니 방향을 틀어 다시 체육관 쪽으로 걸어가기 시작했다. 나는 뒤에서 한 걸음 떨어져 다움이를 따라갔다. 야간 자율 학습 시간의 시작을 알리는 종이 울렸고, 복도는 조용해졌다.

다움이는 체육관 앞에서 방향을 바꾸더니 이번엔 운동장 스탠드로 걸어가기 시작했다. 나는 다움이를 계속 따라갔다. 해가 짧아졌는지 운동장은 금세 어두워졌다. 교실들만 환하게 불이 켜져 있었다. 다움이는 운동장에 있는 나무들 중 가장 오래되고 큰 나무 아래 앉았다. 나도 다움이 옆에 조금 떨어져서 앉았다. 내가 따라다니는 것을 다움이가 귀찮게 생각하지 않기만을 바랐다. 축제는 며칠 안 남았고, 나는 절박하고, 도와줄 사람이 필요하니까. 나를 진짜 아이돌의 사촌으로 만들어 줄 사람이 필요하니까.

다움이가 말했다.

"우리 엄마는 발레리나였거든. 그래서 나도 어릴 적부터 발레를 배웠어."

나는 다움이가 자기 얘길 꺼내기 시작한 게 기뻐서 귀를 기울였다. 야간 자율 학습 시간이 시작되었지만 다움이는 신경 쓰지 않는 것 같았다.

"발레리노, 그러니까 남자가 발레를 하는 건 흔한 편이 아니라서 그런지 나는 어릴 적부터 쉽게 두각을 나타낼 수 있었어. 상도 많이 받고, 원하던 예중도 갔어. 타고난 재능도 있고 운도 있었겠지만 노력도 정말 많이 했거든. 작은 배역이긴 했지만 원하던 무대에서 배역도 따게 되었고 피땀 흘려서 연습했어. 그런데 어느 날부터인가 내 몸이 감옥처럼 느껴지는 거야. 춤을 내 몸에 맞추는 게 아니라 춤에 내 몸을 맞춰야 하는데 그게 갑자기 버겁더라고. 한참 크는 시기니까 키도 갑자기 커지고, 발도 커지고, 몸에 여러 가지 변화가 생기는데, 발레는 일정한 동작을 해야 하잖아?

그러니까 매번 변한 내 몸을 다시 동작에 맞게 연습해야 하는데 작은 상자에 내 몸을 구겨서 억지로 집어넣는 느낌이었어."

"발레는 비인간적이구나."

"아니, 나는 발레가 나쁘다는 얘기를 하려는 게 아니라 아름다움에 대한 기준이 다르다는 얘길 하려는 거야. 정해진 형식을 잘 따르는 데서 쾌감과 아름다움을 느끼는 세계가 있고, 예측해 보지 못한 아름다움을 모험하듯 따라가 보는 세계가 있는 법이잖아. 그걸 굳이 이름 붙이자면 프리스타일이라고 할 수도 있겠지. 내 몸은 정해진 형식을 따르기보단 프리스타일을 원했는데, 나는 내가 해야 한다고 생각되는 걸 했어. 정해진 형식을 따른 거지. 무대에 올라서 정해진 배역을 하기로 약속이 되어 있었으니까. 어쨌든 약속을 지키는 것은 중요하잖아."

"약속도 중요하지만, 힘들면 힘들다고 말하는 것도 중요하지 않아?"

내가 이렇게 말하자 다움이가 웃었다.

"네가 그런 말 할 입장은 아닌 것 같은데. 너 혼자 버거워하면서 아무한테도 도와 달라고 안 하는 거, 못 하겠다는 말도 안 하는 거, 그렇게 며칠을 허비하는 거 내가 다 봤거든?"

"그래도 결국엔 용기 내어 너한테 도와 달라고 했잖아."

"음, 그건 그래. 하지만 안타깝게도 그때의 나는 도움을 청할 줄 몰랐어. 힘들어도 당연히 다 해내야 하는 줄 알았어. 힘들어도 자신이 있었거든. 내가 나를 통제할 수 있다는 자신감. 발레를 배우는 과정이 매번 고통스러웠지만 매번 극복했으니까 이번에도 당연히 해낼 수 있을 거라는 믿음."

"스스로를 많이 믿었구나. 엄청난 자신감이네. 부러워."

"그래서 일이 터졌지. 고장 난 것처럼 몸이 전혀 안 움직여지는 거야. 다행히 실전 무대가 아니라 리허설이긴 했는데, 그 이후로 무대에 올라가라면 몸이 고장 난 것처럼 멈춰 버려."

"그런 줄도 모르고…… 미안해."

"아니, 너는 몰랐잖아. 나 그래서 발레 그만두고 예중에서 일반 학교로 전학 온 거야. 그러니까 나보고 무대에 올라가라는 말은 하지 말아 줄래. 아직도 힘들어. 무대라는 글자를 보는 것만으로도 힘들어."

"미안해."

"사과받으려고 한 얘기가 아니야."

"그럼 이 얘길 나한테 왜 하는데?"

"야, 친구한테 꼭 목적이 있어야만 얘길 하냐?"

나는 얼굴이 빨개졌다. 장담컨대, 그 순간이 내 인생에서 수치로 가득했던 지난 몇 주 중에서도 가장 수치스러운 순간이었다. 나는 다움이를 친구로 여기지 않았다. 아니, 다움이가 나 같은 걸 친구로 여길 거라는 생각을 차마 못 했다. 나는 다움이보다 훨씬 존재감이 제로에 가까운 사람이니까. 내가 아이돌의 사촌이 아니었다면 다움이는 내가 같은 반이라는 것도 몰랐을 거야. 나는 이대로 다움이가 교실로 돌아가고 대화가 영원히 중단되어도 할 수 없다고 생각했다. 하지만 다움이는 가지 않고 자리에 가만히 앉아 있었다. 화를 식히고 있는지도 모르겠다. 어차피 다 끝났고 세상이 무너지는 것 같았기에 나는 용기를 내어서 솔직하게 말했다.

"그래도 다움아, 나는 네 도움이 필요해. 네가 나 도와줬으면 좋겠어. 네가 할 수 있는, 네가 원하는 방식으로라도 좋으니까 네 도움이 꼭 필요해."

"내가 뭘 도와주면 좋겠어?"

"무대에는 내가 올라갈게. 무대에 올라갈 수 있게만 도와

줘. 아이돌 사촌 오빠한테 연락을 못 할 사정이 생겨서, 나 혼자 올라가야 할 것 같거든. 이걸 망치면 나는 쪽팔려서 학교에 못 다닐 것 같아."

"어떤 춤을 추고 싶은데?"

"글쎄. 아무 생각이 없는데?"

"아무 생각도 계획도 없이 도와 달라고 하면 어떡해?"

"아, 지금 생각났어. 아이돌의 사촌이니까, 아이돌 춤?"

"아이돌 춤……."

다움이가 갑자기 말이 없어져서 나는 걱정이 되었다. 혹시 아이돌 춤을 싫어하면 어떡하지? 내가 발레를 따라 추는 건 불가능하고. 저번에 봤던 그 태극권 같은 춤을 가르쳐 주면 어떡하지?

"대신, 너는 나한테 뭘 해 줄 건데?"

"너는 뭘 받고 싶은데?"

질문을 하긴 했지만 나는 겁이 났다. 내가 가진 것 중에 다움이가 필요로 할 만한 것이 아무것도 없었기 때문이다. 나는 잘 정리된 필기 노트 같은 것도 없었고, 멋진 친구도 없었다. 내가 가진 것이 다움이한테 가면 그저 쓰레기에 불과할까 봐 나는 벌써부터 그게 겁이 났다.

"며칠 전에 나 연습하는 거 봤지? 나는 '몸의 단편'이라는 개인 프로젝트를 준비하고 있어."

"몸의 단편이 뭔데. 너 예대 가니? 수시 준비하는 거야?"

"대학 입학보다 훨씬 더 중요한 거야. 사람들마다 고유의 얼굴과 표정이 있잖아? 그거처럼 몸에도 개인의 자세가 있거든. 때로는 그 자세가 그 사람의 과거와 현재와 미래를 다 말해 주기도 해. 나는 그걸 연구하고 있어."

"그게 대체 뭔 소리야?"

내가 멍한 표정을 짓고 있자 다움이는 작게 한숨을 쉬었다. 나는 다움이가 가 버릴까 봐 덜컥 겁이 났다. 나는 다움이에게 한 걸음 다가가며 말했다.

"내가 이해할 수 있게 설명을 더 해 줘. 정말 몰라서 그래. 네가 중요한 무언가를 하고 있다는 건 알겠어. 내가 뭘 도와줄 수 있어?"

다움이는 등을 약간 굽히고 고개를 살짝 왼쪽으로 기울이고 턱을 약간 위로 치켜올렸다. 그런 다음 물었다.

"이거 누구 같아?"

갑자기 담임 선생님의 얼굴이 떠올랐다.

"우리 담임."

"이건?"

다움이는 가슴을 내밀고 오른손으로 허리를 짚었다.

"그건 수학이네."

다음으로 골반을 사선으로 틀고 왼 발바닥 안쪽을 들어서 기울였다. 턱을 내밀고 고개를 오른쪽으로 기울였다.

"익숙하긴 한데, 잘 모르겠는데."

"이건 너잖아, 문주영. 평소의 네 자세를 크게 확대한 거야."

"내가 그렇게 걷는다고? 내가 골반이 조금 틀어지긴 했는데 그래도 그건 아니지."

"자신의 몸을 부정하지 마."

"몸의 단편이 뭔지는 알겠는데 왜 그런 걸 하는데?"

다움이의 표정이 어두워지는 걸 보고 나는 황급히 방금 한 말을 취소했다.

"미안, 미안. 왜냐고 묻지 않을게. 너한테 중요한 이유가 있겠지. 내가 어떻게 도울 수 있는지만 얘기해 줘."

"몸의 단편이라는 내 프로젝트에서 사람들 자세의 기원을 수집하고 있거든. 나한테 이야기를 들려줘. 네 자세의 기원에 대해서."

"이야기. 너한테 필요한 건 이야기구나. 나만의 이야기."

"응. 너만의 이야기."

"자세의 기원이라니 그게 뭔 말인지 모르겠지만 해 볼게. 지금 나는 할 수 있다면 장기라도 팔고 싶은 기분이야. 일단 알았어. 뭐라도 할 테니까 나 좀 도와줘."

다움이는 손가락으로 'O' 자를 만들어서 들었다.

"오케이, 계약 성립."

그러고는 옆에 놓여 있던 스마트폰으로 BYS의 최신곡을 틀더니 춤을 추기 시작했다. 맙소사. 다움이는 춤의 신이었다.

"야, 존나 멋져!"

나는 못 참고 소리를 질렀다.

나도 연습하면 저렇게 될 수 있는 걸까? 다움이는 왜 아이돌로 데뷔하지 않았지? 갑자기 드넓은 운동장에 희망이 가득 차는 것 같았다. 내가 그걸 배워서 따라 해야 한다는 사실만 빼면 완벽했다. 밤이라 음악 소리가 높이 울리는지 체육 선생님이 창문을 열고 소리쳤다.

"야자 시간에 어떤 놈이야? 누가 음악을 들어?"

우리는 황급히 음악을 끄고 체육관으로 도망쳤다.

그날부터 매일 틈틈이 야자 시간에 체육관에서 다움이에게 춤을 배웠다. 다움이는 인기 아이돌의 춤 중에 멋진 것들만 골라서 이어 붙였다. 나는 다움이의 지도를 따라서 열심히 연습했다. 그렇게 춤을 완전히 마스터하고, 축제 무대에서 모두가 놀라게 짜잔— 할 수 있으면 좋겠지만, 현실은 그러지 못했다.

그 안무와 조합은 완벽했다. 그걸 내가 춰야 한다는 사실만 빼면. 내가 몸치라는 사실은 누가 봐도 한눈에 알 수 있었다. 다움이는 인내심을 갖고 가르쳐 주었지만 내 춤 실력은 한숨이 나올 정도였고, 도대체 늘지 않았다. 리듬감이 전혀 없었다. 내가 진짜 아이돌의 사촌이었으면 춤을 잘 췄을까? 이게 다 술 마시고 폭행 사건을 일으켜 팀에서 퇴출당한 사촌 오빠 때문인 것 같아서 괜히 사촌 오빠가 원망스러웠다. 다움이는 한번도 춤을 못 춰 본 적이 없었기 때문에 그게 왜 안 되는지 이해되지 않는 것 같았다. 다움이는 나를 보며 어이없어했고 나도 다움이를 보면 어이가 없었다. 아니, 저게 어떻게 되지?

역시 무용가의 아들로 태어나야 가능한 건가?

복도에서 마주친 담임 선생님은 축제 준비가 잘되어 가

는지 또 물었고 나는 처음으로 아주 잘되어 간다고 호기롭게 대답했다. 하지만 속은 타들어 가고 있었다. 다시 태어나지 않는 한 축제 때 내가 춤을 잘 추게 되는 일은 없을 것이다.

어쩌면 다른 방법을 찾는 게 더 빠를지도 모른다. 다움이의 무대 공포증을 고쳐서 다움이를 무대에 올리거나, 진짜 아이돌의 사촌인 애를 찾거나, 아이돌로 데뷔할 예정인 사람을 찾는 게 빠를 것이다. 그것도 안 되면 아이돌의 친구라도. 물론 포기하고 그냥 도망치는 방법도 있었다. 도망치는 것은 부끄럽지만 때로는 도움이 된다고 들었다. 나는 스스로에게 물었다. 그냥 도망치고 싶은지. 원한다면 그냥 포기하고 도망쳐도 된다고. 그래도 괜찮다고. 내가 나에게 말했다. 담임 선생님이 처음에 제안했던 대로 그냥 우리 반만 무대 없이 넘어가도 될 것이다. 하지만 내 안의 또 다른 내가 답했다. 무대를 망치는 한이 있더라도 이대로 도망치고 싶지는 않다고.

춤은 전혀 늘지 않았지만 그와는 별개로 다움이하고의 약속을 위해서 나는 틈나는 대로 내가 어쩌다가 이런 걸음걸이를 갖게 된 것인지 고민했다. 내 자세에 관심을 기울이다 보니 다른 사람들의 자세도 주의 깊게 보게 되었다.

내 짝꿍 미나는 책상에 앉아 있을 때 항상 한 손으로 턱을 괴고 고개를 한쪽으로 기울인다. 내가 미나의 맞은편에 앉아서 미나의 자세를 똑같이 따라 했더니 미나가 크게 웃었다. 이렇게 하면 화를 내는 사람들도 있고, 재밌어하는 사람들도 있었다. 나는 그 모든 것들을 노트에 적었다. 자세의 특징과, 내가 그것을 따라 했을 때의 반응과 함께 동작까지 전부 스케치했다.

"미나야, 사람마다 자세의 기원이 있대. 네 자세의 기원에 대해 생각해 본 적이 있어?"

"생각해 본 적 없는데? 잠시만…… 알 것도 같아. 나는 어릴 때부터 전학을 많이 다녔거든. 새 학교에 가면 긴장을 많이 했는데 그걸 들키고 싶지 않았어. 그래서 항상 여유 있는 척했어. 이 자세는 그때 만들어진 거 같아. 이런 자세를 취하고 있으면 느슨해 보이고 나른해 보이니까. 마음은 정반대였지만. 덕분에 목 디스크를 얻었지."

나도 미나처럼 내 자세의 기원을 얘기하고 싶었지만 그런 걸 내가 알 리가 없었다. 나는 생각이 날 때마다 내 자세를 똑바르게 하려고 애썼다. 아이돌처럼 근사한 몸, 근사한 자세를 갖고 싶었다. 하지만 내 걸음걸이는 이상하다. 나만의 틀어진 자세가 있었다. 왼 발바닥 안쪽이 살짝 들리고 오른쪽 골반이 앞으로 나온 나의 자세는 무슨 이야기를 하고 싶은 걸까?

엄마는 항상 등이 긴장한 채 굳어 있었다. 아빠는 동작이 아주 커서 실제보다 훨씬 더 큰 사람처럼 보였다. 나는 엄마 아빠의 몸이 그런 자세를 갖게 된 사연이 궁금했다. 엄마 아빠한테 자세의 기원을 물어보았지만 "내 자세가 그렇게 보이니?"라는 대답만 돌아올 뿐이었다. 그러다가 어느 날 아빠의 자세가 풀어지는 순간을 포착했다. 할머니와 통화를 하는 동안은 풍선에 바람이 빠진 것처럼 부풀었던 자세가 느슨해졌다. 편안해 보이기도 했다. 하지만 통화가 끝나자 다시 원상태로 돌아왔다. 엄마는 차에 타서 운전할 때만 어깨의 긴장이 풀어졌다. 내 발견을 말하자 엄마는 그제야 생각난다는 듯이 이야기를 꺼냈다.

"외할아버지가 돌아가셨을 때부터 그랬던 것 같아. 내가 대학교에 입학하자마자 돌아가셨잖아. 그땐 내가 아직 스스로 어른이라고 생각하기 전이었거든. 나는 어른이 될 준비가 안 되었는데 나를 지켜 주던 어른이 사라지자 내가 아주 연약하게 느껴졌어. 거북이처럼, 소라처럼 딱딱한 껍데기 속으로 숨고 싶었어. 그래서 등을 잔뜩 긴장해서 거북이 등 껍데기처럼 만들었던 것 같아. 등을 긴장하고 어깨를 움츠리고, 내가 스스로를 지킬 무언가가 필요해서. 그러면 안심이 되거든."

태어날 때부터 어른이었을 것 같은 엄마도 고민하던 시절이 있었다는 것을 뒤늦게 알게 되었다. 그리고 그렇게 고민하던 시절이 긴장한 등으로 몸에 흔적처럼 남은 것이다.

"아빠는 그럼 왜 그렇게 동작을 과하게 할까?"

"실제보다 더 크고, 더 강한 사람처럼 보이고 싶어서 그런 게 아닐까. 아빠는 그래야 마음이 편한 거야. 할머니랑 통화할 때는 약한 모습을 내비쳐도 되니까 원래 모습으로 돌아가는 거고."

나는 물었다.

"그러면 엄마는 그 자세를 고치고 싶어?"

"고치고 싶지. 사진 보면 나만 항상 어깨가 움츠러들어 있는 게 싫었어. 그런데 이 자세로 너무 오랫동안 살아와서 이 자세가 없으면 내가 아닌 것 같기도 해."

나는 긴장한 등을 펴고 움츠린 어깨를 편 엄마를 상상해

봤다. 잘 상상이 되지 않았다. 그 자세를 잃어버린 엄마도 여전히 엄마일까?

또 한편으로는 엄마처럼 나도 내 자세의 기원을 정확히 알고 싶었다. 나는 체육관 한가운데 서서 눈을 감고 내 특유의 자세를 과장해서 만들어 보았다. 왼 발바닥을 크게 기울이고, 몸도 크게 기울여서 자세를 취했다가 똑바른 자세로 돌아오기를 반복했다. 내 머릿속에 한 가지 이미지가 떠올랐다. 로켓이었다. 발사되기 직전에 시동을 거는 로켓. 나는 로켓처럼 멀리멀리 날아가려고 이런 자세를 취하고 있었던 걸까?

나는 엄마와 아빠와 내 동작을 연결해서 안무를 짜 보았다. 춤이라기보다는 현대 무용에 가까운, 우리 가족의 몸동작을 연결하는 몸짓이었다. 자기소개처럼 그 동작을 하니 엄마 아빠랑 함께 있는 기분이 들었다. 남들이 보기엔 우습게 보일지라도 하나하나의 동작이 의미가 있고 나한테는 소중했다. 나는 그걸 반복해서 연습했다. 반복해서 연습할수록 나의 이상한 자세가 강화되는 것 같아서 겁이 나기도 했다. 올바른 자세로 고쳐도 모자랄 판에 이상한 자세를 강화하는 동작을 반복하는 건 문제가 있는 게 아닐까? 이런 고민을 털어놓자 다움이는 이렇게 말해 줬다.

"자세를 교정하려고 애쓸 필요는 없어. 그게 다 네가 필요에 의해서 만든 거잖아. 몸이 마음을 도와주기 위해서 그런 자세를 취하고 있는 거야. 이 과정을 통해 몸과 마음이 대화를 한다고 생각해 봐. 몸이 왜 그러고 있는지를 먼저 살펴보고, 마음을 바꿔야지. 그런 과정 없이 그냥 자세만 고치려고 하면 그 상실감이 계속 남아 있을 거야."

다움이의 말을 듣고는 편안해져서 동작을 점점 늘려 나갈 수 있게 되었다. 이 춤을 추면 출수록 내가 내 몸과 점점 더 많은 대화를 나누는 기분이 들었다.

나 자신과 가까워지는 기분은 좋았지만 그래도 이것을 남에게 보여 준다고 생각하면 갑자기 너무 부끄럽고 땅속으로 꺼지고 싶은 기분이 드는 건 어쩔 수 없었다. 마치 아무한테도 보여 주고 싶지 않은 일기를 광장에 서서 큰 소리로 읽는 기분이기 때문이다. 하지만 나는 그 부끄러움까지도 동작으로 만들어 이었다. 그랬더니 대화를 하는 것처럼 다음 문장이 나왔다. 이 춤을 남에게 보여 주기 부끄러운 마음과 남의 눈에 닿으면 닳기라도 할 것처럼 곰 인형 쿠오를 감추는 마음은 닮아 있다. 그 마음의 정체는 두려움이다. 이해받지 못할 것에 대한 두려움. 다른 사람은 결코 나를 이해할 수 없고 나를 알지 못할 것이라는 마음.

그렇게 생각하고 나니 오히려 이 춤을 남에게 보여 주고 싶어졌다. 먼저 손을 내밀어야 내가 도움이 필요하다는 것을 상대방이 알 수 있듯이 내 마음 역시 상대방에게 보여 줘야 나를 이해할 수 있는 여지가 생기는 게 아닐까? 나는 왜 그것을 꽁꽁 싸매고 끌어안고 있었을까?

나는 내 자세를 동작으로 만드는 데 골몰해서 축제 연습을 등한시했다. 아니, 솔직히 그건 백 년을 연습해도 안 될 종류의 일이긴 했다. 이런 몸치 박치가 아이돌 춤이라니. 모두에게 웃음을 선사할 수는 있을 것이다.

축제 날이 다가오자 예전과는 다른 악몽을 꿨다. 축제 무대에 서 있는데 내 몸이 전혀 움직여지지 않고 사람들이 야유를 보내는 것이다. 나는 설렘과 두려움과 공포가 뒤섞여서 하루하루 점점 더 카오스 상태가 되어 갔다. 혹시 나 대신 무대에 올라가 줄 진짜 아이돌의 사촌이 있지 않을까 싶어서 학교에 갈 때마다 아이돌을 닮은 사람이 있나 여기저기 두리번거렸다. 아이돌의 사촌이 없으면 아이돌의 육촌이라도 있었으면. 아이돌의 동생, 아이돌의 아들딸, 아이돌의 손주라도 누구 없을까? 나는 식은땀을 흘리면서 악몽에서 깼고, 쿠오에게 묻고 또 물었다.

"쿠오야, 나는 이제 어쩌면 좋을까? 포기하고 싶지 않지만 잘할 수가 없어. 내가 할 수 없는 일인데 하고 싶어. 내가 뒷감당을 할 수 있을까? 내가 나를 믿을 수 있을까? 두려워. 그저 두려워."

쿠오가 답을 준 걸까? 갑자기 그게 무엇이든 나다운 걸 해야겠다는 생각이 들었다. 도망치지 않겠다고 마음을 먹었으면, 뭐든 해야 한다. 하지만 못하는 걸 억지로 할 필요는 없다. 그건 안 하느니만 못하다. 내가 할 수 있는 걸 해야지. 내가 할 수 있는 건 뭘까? 나다운 게 뭘까? 그럼 다시 처음으로 돌아가서. 나는 누구지? 나는 아이돌의 사촌이지. 그거 말고 다른 이름. 진짜 내 이름. 아이돌의 사촌이 아닌, 진짜 나는 누구지? 그걸 찾아야지.

나는 다움이를 찾아가서 말했다.

"지금까지 도와줘서 정말 고마워. 그런데 이건 아닌 거 같아. 아무리 따라 하려고 해도 조금도 비슷하지가 않아."

"그래서?"

"너 자신의 두려움을 깨 봐. 넌 무대 위로 나갈 수 있어."

다움이는 아무 말도 안 하고 나를 가만히 쳐다보았다. 저 말을 내뱉은 순간 이미 나는 후회를 하고 있었다. 저런 말을 하려던 게 아니었다. 한참의 침묵을 깨고 다움이가 입을 열어 내 말을 그대로 돌려줬다.

"너 자신의 두려움을 깨 봐. 넌 무대 위로 나갈 수 있어."

다움이가 정말로 화가 난 걸까 걱정이 되었는데 다움이의 표정은 뜻밖에도 온화했다. 다움이는 내 대답을 기다리는 듯했다. 그리고 내 입은 스스로 생각해서 혼자만의 의견을 냈다.

"아이돌 춤 말고. 나는 진짜 나의 춤을 추고 싶어."

나는 내가 그런 말을 했다는 사실에 기절할 것 같았다. 내 입을 때려 주고 싶었다. 하지만 다움이는 너무 기뻐하며 대답했다.

"네가 그렇게 말해 주길 바랐어. 도와줄게. 진짜 너의 춤을 찾도록. 왜냐면 그게 더 흥미로우니까."

"근데 진짜 나의 춤이 뭘까?"

"이제부터 찾아 가야지."

"있기는 한 걸까?"

"있는지 없는지 알려면 일단 찾아 나서야지."

"무대에 오르는 건 고작 몇 분인데, 그 몇 분을 위해서 이런 수고를 해도 되는 걸까?"

"무대에 오르는 게 고작 몇 분이라니. 그런 무식한 소리를 다른 데서 하면 안 돼. 그걸 준비하는 모든 과정이 다 무대야. 지금 이 순간도, 과정 자체가 목적이 되어야 하는 거야."

나는 잠시 멈춰 있다가 대답 대신 가족의 자세와 나의 자세를 연결한 나만의 이상한 춤을 추기 시작했다. 아무한테도 보여 주고 싶지 않았지만 그 순간 다움이라면 그래도 괜찮겠다는 생각이 들었기 때문이다. 이해를 못 해 줘도 괜찮고 나한테 실망해도 괜찮고 부끄러워도 괜찮아. 다움이니까. 내가 동작을 멈추자 다움이는 박수를 쳤다.

"그 박수 의미는 뭐야?"

"그 춤 존나 멋지다는 뜻."

"비웃는 거 아니지?"

"내가 무슨 말을 하길 바라?"

다움이가 어이없다는 듯이 말했다.

"글쎄, 네가 무슨 말을 하길 바라는 걸까 나는?"

"야, 나는 비꼬는 거 별루야. 내가 존나 멋지다면 그건 진짜 존나 멋지다는 뜻이야. 그걸로 축제 나가."

"이걸로 나가도 될까?"

"너만의 춤을 추고 싶다며."

"이걸 사람들이 이해해 줄까?"

"물론 이해 못 하겠지?"

"비웃을까?"

"비웃는 사람도 있겠지."

"비웃으면 어쩌라고, 이게 난데."

"됐어."

"뭐가 돼?"

"아, 그거면 됐다고. 네 춤은 완성됐어. 수업은 끝났어. 이제 내 일은 끝났어."

그리고 다움이는 돌아서 가기 시작했다. 뒤돌아 걸으면서 손을 들어 흔들었다. 나는 안무를 마저 짜기 시작했다. 알 수 없는 기대와 두려움을 가지고 나는 춤을 발전시켜 나갔다. 축제 전날에도 늦게까지 연습을 했다.

밤늦게 집에 들어가는 길에 마스크를 쓴, 키 크고 마른 어떤 남자와 엘리베이터를 같이 탔다. 얼굴이 어찌나 작은지 마스크로 얼굴이 거의 다 가려질 정도였다. 그는 우리

집과 같은 층 버튼을 눌렀다. 엘리베이터가 올라가는 잠깐 동안 묘한 긴장감이 감돌았다. 엘리베이터 문이 열리자 나는 우리 집으로 그는 옆집으로 들어갔다. 나는 집에 가자마자 엄마한테 물어보았다.

"엄마, 옆집에 사시는 할머니 이사 가셨어? 처음 보는 사람이 들어가는 걸 봤는데."

"그 집 손주가 왔나 보다. 손주가 아이돌이라 합숙해서 아주 가끔 집에 온대."

"아이돌? 아이돌의 손주라고?"

"아니, 손주가 아이돌이라고."

"아이돌 누구?"

"이름이 서태웅이라던가? BY인가 BI인가 인기 엄청 많다던데? 소문내지 말아 달라고 했는데."

"서태웅이라고? 정말 서태웅이야? 엄마, 왜 그걸 이제 얘기해?"

"네가 별로 관심이 없는 줄 알았지. 전에 옆집 할머니가 사인도 받아다 주셨는데. 어디 됐더라······."

이럴 수가. 내가 아이돌의 이웃사촌이었다니.

"엄마, 우리 당장 옆집으로 가야 해."

"이 늦은 밤에 어떻게 가. 늦은 밤이 아니더라도 사생활은 보호해 줘야지."

"지금 당장이라도 가서 새 춤을 배우고 싶어. 내일 추는 춤, 도저히 무대에서 못 추겠어. 너무 부끄러워서 죽을 것 같아."

"그래도 열심히 연습했잖아. 그걸로 된 거야. 잘할 필요는 없어. 하는 게 중요한 거지."

"축제 무대잖아. 못하면 졸업할 때까지 쪽팔릴 거라고! 나는 저 사람이 필요해."

괜히 화가 나서 소리를 지르면서 방으로 들어가 방문을 쿵 닫았다. 쿠오를 안고 베란다로 나가 창문을 열었다. 초승달이 떠 있고 그 아래 밝은 별 두 개가 있었다. 구름 한 점 없는 밤하늘을 보고 있는데 다른 집 창문이 열리는 소리가 들렸다. 음악 소리가 희미하게 들렸다. 그리고 별안간 훌쩍이는 소리도 들렸다.

윗집인지 아랫집인지 누군가가 나와 같은 밤하늘을 보며 울고 있었다.

'울고 싶은 일은 다들 있나 봐.' 하고 나는 쿠오한테 속삭였다. 잠도 오지 않을 것 같아서 그길로 놀이터로 나가서 춤 연습을 했다. 쿠오와 함께 나갔다. 아무도 없는 놀이터에서 춤을 추는데 달이 빛나고 있었고 어쩐지 눈물이 났다. 다들 그렇게 몰래 혼자 울고 있는 걸까? 나는 놀이터에서 지쳐 쓰러질 때까지 춤 연습을 하고 늦게 들어갔다.

축제 날 아침이었다. 나는 뾰루퉁해져서 말도 안 하고 아침밥도 먹는 둥 마는 둥 하고 있는데 엄마가 전화번호를 내밀었다.

"옆집 할머니한테 받은 거야. 서태웅 전화번호. 네 담임 선생님이 아이돌이랑 영상 통화라도 하라고 했다며. 전화해. 미리 허락받았어. 오늘 쉬는 날이래. 전에 옆집 할머니 쓰러지셨을 때 네가 발견하고 바로 119에 전화해서 사셨잖아. 그래서 고맙다고 돕고 싶다고 주신 거야."

믿을 수 없는 일이 일어났다. 어젯밤 로또 꿈이 아니라 악몽을 꾸었는데 어찌 된 일이지? 나는 서태웅의 전화번호가 적힌 쪽지를 받아 들고 집을 나섰다. 혹시 쪽지를 잃어버릴까 봐 그 자리에서 전화번호를 외워 버렸다. 교과서는 안 외워지지만 전화번호는 금세 외워졌다.

두 가지 길이 있었다. 우리 반 차례가 왔을 때 전화를 걸어 영상 통화를 할 것인가, 내가 무대 위로 올라가 춤을 출 것인가. 물어볼 필요도 없다. 사람들은 서태웅의 영상 통화를 백만 배 더 원할 것이다. 내가 춤을 추지 않아도 된다는 사실에 안도했다. 연습을 죽도록 하긴 했지만, 나는 두려움 때문에 내내 도망치고 싶었으니까. 차라리 잘됐어. 잘되고 또 잘됐어.

 축제 날, 하늘도 푸르고 맑았다. 무대는 소박하지만 잘 장식되어 있었다. 동아리 공연이 먼저였는데 다들 연습을 많이 했는지 무대가 모두 수준급이었다. 셀럽파이브의 패러디 춤을 춘 동아리도 있었고, 밴드 공연도 있었다. 스탠드 업 코미디도 배꼽 잡을 만큼 웃겼다. 다들 이렇게 끼가 많고 재밌으니 나처럼 재미없는 공연 무대는 안 하길 백번 잘한 거라고 나는 계속해서 생각했다. 동아리 공연으로 무대의 열기가 달아오르자 반별 무대로 넘어갔다. 다른 반들은 여럿이 힘을 합쳐서 준비했다. 다 같이 참여하는 것에 의의를 둔 것 같았다.

 그리고 드디어 우리 반 차례가 되었다. 나는 스마트폰을 들고 무대 위로 올라갔다. 모두들 숨을 죽이고 무대 위의 나를 바라보고 있었다. 아니 내가 아니라 강당의 대형 스크

린을 바라보고 있었다. 이미 소문이 다 난 것이다. 나는 주저 없이 영상 통화를 연결했다. 화면에 서태웅이 뜨자 난리가 났다. 이제까지의 함성 소리를 모두 모은 것의 백 배쯤, 열기는 천 배쯤 되는 소리가 났다. 다행히 나는 완전히 잊혀졌다. 그는 능숙한 솜씨로 인사를 했다.

"여러분, 이렇게 만나 뵙게 되어서 반가워요. 제가 여러분한테 드리고 싶은 메시지는요. 누구나 자기 자신만의 춤을 춰야 한다는 거예요. 제가 오늘 새벽에 슬픈 일이 있어서 울고 있었어요. 그래서 창문을 열고 밤하늘을 보고 있는데 누가 놀이터에서 혼자 춤을 추고 있는 거예요. 잘 추는 건 아니었지만 정말 자기만의 춤을 춘다는 느낌이었어요. 그 춤에 제가 위로를 받았어요. 그걸 제가 따라서 출게요. 여러분도 그 자리에서 따라서 춰 보세요. 어렵지 않아서 따라 할 수 있을 거예요."

놀라운 일이 일어났다. 그가 화면에서 어젯밤에 내가 췄던 춤을 추기 시작한 것이다. 춤이라기보단 지루한 몸동작에 가까운 그것을. 하지만 그의 리듬감으로 그걸 추자 춤이 되었다. 그건 분명 춤이었다.

"함께 춰요!"

그가 외쳤고, 모두 일어나서 그것을 따라 추기 시작했다. 기적처럼 모두가 나의 춤을 추고 있었다.

나의 자세를 모두가 따라 할 때 그 수많은 사람들이 로켓이 되어 다 같이 하늘로 튀어 오를 것 같았다. 그걸 보면서 깨달았다. 내내 있는 듯 없는 듯 지내려고 했던 내 마음과는 달리 진짜 내 마음은 저렇게 시동을 걸고, 도약해서 높이 날아오르고 싶었던 거라고. 그걸 몸이 기울어진 왼 발바닥과 틀어진 골반과 기울어진 몸으로 대신 말해 오고 있었던 거라고.

모두가 내 춤을 따라 추고 있는 와중에 혼자 다른 춤을 추고 있는 사람이 있었다. 그 움직임은 금세 나의 시선을 끌었다. 다움이었다. 다움이 혼자 다른 춤을 추고 있었는데 나는 그 메시지를 즉각적으로 이해했다. 다움이의 춤은 이렇게 말하고 있었다.

'무대 한가운데로 나가. 이건 너의 무대야.'

혹시 그런 뜻이 아니었다고 하더라도, 나는 다움이의 춤을 그렇게 받아들였다. 그 춤에 응답하기 위해 나는 무대 한가운데로 나갔다. 물론 다들 시선이 서태웅에 집중되어 있어서 내가 무대 한가운데로 가든 말든 아무도 신경 쓰지 않았다. 오직 다움이만, 손으로 큰 원을 그려서 'OK'라고 말하고 있었다. 다움이도 무대 공포증을 극복하고 무대에 나와 같이 춤을 추면 좋겠지만, 그런 일은 영화에서나 일어난다. 되는 건 되는 거고, 안 되는 건 안 되는 것이다. 사람은 쉽게 변하기도 하고, 변하지 않기도 한다. 어쨌든 나는 지금 조금 변한 것 같다. 강해졌고 지금의 나 자신이 마음에 들었다. 나는 무대 한가운데로 가서 그 춤을 따라 추기 시작했다. 그리고 내 자신에게 말했다.

'다른 사람의 춤에 내 몸을 맞추지 않을게. 내 몸에 맞는 나만의 리듬이 있으니까. 내 마음이 숨기는 얘기를 내 몸이 계속 들려주고 있었지. 이제는 들을 수 있어. 그래도 된다고. 두려워해도 된다고. 그게 너니까. 너대로 살라고.'

첫눈 · 최진영

저녁 급식 메뉴는 짜장밥이었다. 나가서 돈가스를 사 먹자고 바로 의견을 모았다. 왜냐면 설아가 짜장을 아주 싫어하니까. 우리 모두 싫어하는 음식이 하나씩은 있고, 그런 음식이 급식 메뉴에 오르는 날이면 밖에서 밥을 사 먹거나 편의점 음식 대파티를 벌이곤 했다.

친구들과 교문을 나섰다. 흐릿한 해가 우리들 정면에서 저물고 있었다. 점심시간 끝날 무렵 눈이 흩날렸지. 사선으로 나부끼는 하얀 눈발을 보면서 다들 들떴는데, 눈은 그렇게 잠깐만 내렸고 흔적도 없이 사라졌다.

아까 우리 같이 본 거 그거 눈 맞지? 눈이 오긴 왔지? 지민이 눈을 가늘게 뜨며 뭔가를 떠올리듯 물었다. 그러면 오늘 첫눈이 온 건가?

눈 왔어? 영소가 물었다. 영소는 이를 닦자마자 이어플러그를 하고 책상에 엎드려 잤기 때문에 눈을 보지 못했다.

첫눈은 아니지. 설아가 말했다. 펑펑 와서 쌓여야 첫눈이지.

그럼 아까 그건? 그것도 눈은 눈이잖아. 내가 물었다.

그거는 첫눈은 아니고…… 성급한 눈이지. 다 같이 펑펑 쏟아져야 하는데 기다리지 못하고 먼저 튀어나온 애들. 첫

눈을 예습하는 눈 같은 거.

설아 말에 우리는 피식 웃었다. '눈'이란 단어를 반복해서 말하다 보니 '눈'이 '똥을 누다' 할 때 동사 '눈'처럼 느껴져서 더 웃겼다. 너른 하늘을 올려다봤다. 당장 뭐라도 밀어낼 것처럼 묵직한 잿빛 하늘. 무채색 풍경 속에 길 건너 빨간 신호등이 저물녘 태양처럼 보였다. 대략 보름 전 토요일 밤 근린공원 구석에서 있었던 일이 다시 떠올랐다. 아니, 다시 떠올랐다기보다 사실 나는 매일 그날을 생각한다.

그날 그 밤, 버블티를 먹으면서 얘기하다가 잠시 침묵이 고였을 때 바람이 불었지. 어디에서 날아온 건지 알 수 없는 낙엽이 우수수 떨어지더니 회오리처럼 바닥을 나뒹굴었어. 눈을 맞듯 손바닥을 펼치고 낙엽을 느끼면서 우리는 서로를 빤히 봤다. 웃고 싶었지만 표정은 서서히 굳어 갔고, 어쩌다 보니 몸을 서로에게 기울이고 입을 맞추고 말았는데…… 야산으로 이어지는 야트막한 길에서 대여섯 명의 사람들이 와르르 내려오는 바람에 우리는 급히 입술을 떼고 바로 앉았다. 야산에서 내려온 사람들은 높은 목소리로 자기들끼리 웃음과 농담을 주고받으며 우리 옆을 지나갔다. 유아차를 끌고 산책을 나온 부부와 등산복을 입은 할아버지 할머니 무리가 공원을 가로질렀다. 사람들이 사라지고 주변이 조용해졌을 때, 우리는 서로 다른 곳을 바라보면서도 아마 비슷한 고민을 했을 거야. 다시 입을 맞춰야 하나 말아야 하나. 하지만 조금 전처럼 자연스럽게 서로를 바라볼 수 없었다. 침묵이 부담스러워 내가 먼저 자리에서 일어나 도서관으로 걸어갔다. 경이도 바로 일어나 나보다 조금 뒤에서 말없이 걸었다.

그날 이후 우리는 약간 어색해졌다. 도서관에서 만나면 인사도 하고 가까운 자리에서 공부하고 때로 농담도 하고 웃기도 했지만, 가끔 둘 사이에 깊은 침묵이 끼어들면 예전처럼 그 침묵을 자연스럽게 넘길 수가 없었다. 팽팽한 긴장과 침묵 속에서 우리는 어쩌면 비슷한 고민을 했을지도 모른다. 그때 그 키스에 대해서 말할까 말까. 나는 묻고 싶었다. 그때 우리가 한 게 키스 맞아? 넌 어떻게 생각해? 키스라고 대답한다면 키스가 아니라고 우기고 싶었다. 키스가 아니라고 대답한다면 그게 키스가 아니면 뭐냐고 되묻고 싶었다. 그러니까 나는 내 마음을 알 수 없었다. 키스였다면, 그건 나의 첫 키스가 될 텐데, 나는 그런 식으로 첫 키스를 하고 싶지 않았다. 구체적으로 상상해 본 적은 없지만 아무튼 그런 식은 아니다. 나는 내가 아주 많이 좋아해서 사랑한다고 말하지 않으면 미칠 것만 같은 사람과 첫 키스를 하고 싶었다. 내가 경이를 그만큼 좋아하나? 경은 나를 그만큼 좋아하나? 경이 말갛게 웃을 때면 자꾸 바라보게 된다. 하지만 경이와 나와 사랑이란 단어를 나란히 두고 생각하면…… 뭔가 부족하다는, 혹은 어긋난다는 느낌을 지울 수가 없다. 그런데 우리는 왜 키스했지? 어쩌다 그랬을까? 낙엽이 흩날리기 전에 무슨 얘길 나누었는지 거짓말처럼 기억나지 않는다. 낙엽의 색감, 손바닥에 닿던 마른 잎의 감촉, 서늘한 바람, 눈부신 가로등 같은 감각만 선명하게 남아 있다. 경이와 그 밤의 우리에 대해 진지하게 얘기해서 어떤 결론이든 내리고 싶지만, 한편으로는 경이 그 얘기를 꺼낼까 봐 불안하기도 했다. 경이 먼저 그날의 일을 얘기한다면 나는 도망치지 않을 수 있을까? 없었던 일로 지우고 싶은 마음과 확인하고 싶은 마음이 엉망으로 뒤엉켰다.

연습 눈. 눈치 없는 눈. 장래 희망이 함박눈인 눈.

설아는 계속 말을 만들어 냈고 친구들은 웃었다. 눈과 비의 중간 같던 그날의 키스가 자꾸만 떠올라서 나는 웃지 못

했다. 우리가 조금만 더 따뜻하거나 차가웠다면. 나는 내 마음의 온도를 제대로 알고 싶었다. 숫자로 보고 싶었다.

같은 학교 아이들 한 무리가 자기들끼리 욕을 주고받으면서 우리 옆을 지나갔다. 그중 두어 명이 서로를 밀치면서 장난치다가 영소와 부딪혔다. 영소의 몸이 설아 쪽으로 기울면서 설아도 휘청거렸다. 영소는 일부러 아! 하고 크게 소리 지르며 그들을 쳐다봤다. 그들은 영소에게 미안하다고 말하는 대신 서로를 탓하고 욕하면서 마구 달려갔다. 영소는 어이없다는 표정으로 중얼거렸다.

아, 저런 애들 진짜 이상하지 않냐. 저것 봐, 서로 욕하면서 좋다고 웃잖아.

지민은 기분이 아주 좋을 때나 나쁠 때만 욕을 했다. 설아는 다른 친구들과 있을 때는 욕을 했지만 영소와 함께일 때는 절대 욕하지 않았다. 나는 경이 욕하는 걸 본 적 없다. 경이도 자기 친구들이랑 있을 때는 욕을 할까? 그렇다면 내 앞에서는 왜 욕을 하지 않을까? 설아는 한 손으로 영소의 허리를 껴안고 다른 손으로 영소의 머리를 쓰다듬으며 영소의 기분을 풀어 줬다.

알지. 나 오늘 상담했잖아.

지민이 우울한 표정으로 중얼거렸다. 담임은 여름 방학 끝나고부터 일대일 상담을 시작했다. 상담 시간에는 주로 진로에 관한 이야기를 나누었다. 어느 대학에 가고 싶은지. 전공은 생각해 뒀는지. 하고 싶은 일은 무엇인지. 상담을 마친 친구들 이야기를 들어 보면 하고 싶은 게 있든 없든 결론은 비슷했다. 지금보다 성적을 올려야 한다는 결론. 고3 되면 정신 바짝 차리고 공부만 해야 한다는 결론.

뭘 하고 싶은지 아직 모르겠다고 하니까 쌤이 계속 묻는 거야. 너는 뭘 좋아하느냐. 뭘 할 때 재미있다고 느끼느냐. 좋아하는 게 하나라도 있을 것 아니냐. 근데 알지. 나 물으면 물을수록 대답 못 하는 거.

지민은 말을 하면서 답을 찾는 사람. 말을 하면 할수록 없거나 지워진 줄 알았던 자기 생각이 선명하게 떠오른다고 했다. 그러니까 지민의 진짜 생각이나 감정을 알려면 지민과 아주 오래 대화를 나눠야만 한다. 30분짜리 상담으로는 어림도 없지.

너한테도 그런 거 물었어? 뭐 좋아하느냐고?

지민의 물음에 나는 응, 하고 대답했다.

뭐라고 대답했는데?

친구들이랑 놀 때 재밌는데요.

우리는 다 같이 웃었다.

근데 나도 비슷하게 대답했어.

영소의 말에 설아가 급하게 끼어들었다.

난 알아. 얘가 뭐라 그랬는지 난 알 것 같아.

야, 그건 나도 알겠다.

지민이 웃으며 대꾸했다. 영소는 '자는 게 제일 좋은데요. 저는 잘 때 제일 행복해요.'라고 대답했을 것이다. 과연 그렇게 대답했다고, 영소는 무심한 표정으로 확인해 줬다.

노는 게 제일 좋다니까 쌤이 뭐래?

지민이 내게 물었다.

뭘 뭐래. 한심해하지. 그런 거 말고 다른 거 없느냐고 묻고.

그래서?

먹는 거 좋아한다고 그랬지.

진짜? 진짜 그랬어?

미쳤냐. 두 번 죽게.

우리는 또 다 같이 웃었다. 내가 아주 어릴 때부터 어른들은 종종 내게 뭘 좋아하느냐고 물었다. 사실 그 질문을 기다리던 때도 있었다. 어린이날이나 생일이 다가올 무렵에 어른들이 그렇게 묻는다는 건 '무슨 선물을 받고 싶니.'라는 질문과도 같았으니까. 나는 당시에 유행하던 캐릭터나 갖고 싶은 장난감, 먹고 싶은 음식 등을 말했다. 중학생이 되면서 질문의 성격은 완전히 바뀌었다. '뭘 좋아하느냐.'는 질문은 '커서 뭐가 되고 싶니.'라는 질문과 비슷했다. 어른들은 내가 조금이라도 흥미를 보이는 것이 있으면 그걸 나의 미래 직업과 연결 지으려고 했다. 직업과 연관 지을 수 없는 대답을 하면 그런 거 말고 다른 걸 말해 보라고 재촉했다. 더 이상 '도라에몽'이나 '치킨 피자 세트' 같은 대답을 할 수는 없게 된 거다. '좋아하는 거 별로 없는데요.' '아직 모르겠는데요.'라고 대답하면 어른들은 한창 호기심 많고 하고 싶은 거 많을 나이에 그러면 안 된다고 걱정 같은 비난을 했다. 그런 어른들한테는 내가 뭘 좋아하는지 더 말하기 싫었다. '토요일 밤늦게까지 빈둥거리다가 일요일에 늦잠 자는 걸 제일 좋아해요.'라든가 '빵 먹으면서 마블 시리즈 보는 거 좋아합니다.'라고 대답하면 나를 더 한심하게 보겠지.

좋아하지 않아도 괜찮다고 말하는 어른이 한 명이라도 있으면 좋겠다. 좋아하는 마음과 잘하는 것은 상관없다고 말하는 어른. 좋아하는 게 없거나 좋아하는 걸 몰라도 잘 살 수 있다고 말하는 어른.

  나는 사실 아무것도 좋아하고 싶지 않다. 싫어하는 건 많다. 싫어하는 것의 목록이라면 밤새 적을 수도 있다. 상담할 때, 이런 얘길 해 보고도 싶었다. 어릴 때는 피아노 치는 걸 좋아했는데 베토벤 발트슈타인 치다가 포기했어요. 잘 치고 싶은데, 한 번도 틀리지 않고 끝까지 치고 싶은데 아무리 연습해도 정말 안 됐어요. 그러니까 진짜 피아노가 싫어지더라고요. 취미로도 못 치겠고요. 취미로 하려면 재밌어야 하잖아요. 근데 괴로웠거든요. 왜냐면 나는 욕심이 있었으니까. 쇼팽도 라흐마니노프도 다 치고 싶었거든요. 그걸 굉장히 잘 치는 사람을 엄청 많이 봤거든요. 그런 걸 봐 놓고는 취미라고 파헬벨 카논 치고 그런 건 시시해서 못 하겠는 거예요. 그래서 아주 끊어 버렸어요. 이제 건반은 건드리지도 않아요. 굉장히 잘하고 싶었는데 안 됐잖아요. 겨우 발트슈타인에서 포기한 게 진짜 한심하고 짜증 나니까……. 그런 말을 늘어놓는 나를 상상하다가 알 수 없는 분함에 빠져서 괜히 신경질이 났었지. 담임에게는 피아노 치는 걸 좋아했다느니 그런 말은 하지 않았다―진로와 상관없는 얘기니까―. 대신 영어 시간을 좋아한다고 대답했다―담임은 그런 대답을 원할 테니까―. 매일 다른 문장을 해석하고 모르던 단어를 알게 되고 같은 단어의 다양한 의미를 배울 때 약간 흥분된다고―비창 2악장 쳤을 때의 흥분과는 비교할 수도 없지만― 했다. 담임은 영어를 전공한 뒤 선택할 수 있는 여러 직업을 얘기했다. 나는 덜컥 겁이 났다. 영어를 좋아한다는 말이 영어로 뭔가를 해 보겠다는 뜻은 아닌데. 영어로 뭔가를 해 보려다가 뜻대로 되지 않아서 영어를 싫어하게 되면 어쩌지? 아무튼 나의 상담도 비슷하게 끝났다. 영어는 모든 것의 기본이므로 영어를 좋아한다는 것만으로는 부족하다는 결론. 앞으로 더 열심히 공부하고 성적을 올리면서 적당한 진로를 탐색해 보자는 결론.

나는 그냥 솔직히 말했어. 남들 화장한 거, 옷 입는 거, 헤어스타일이 어떤가, 그런 거 보는 거 좋아한다고. 저 색깔 잘 어울린다, 저건 좀 미스매치다, 텔레비전을 봐도 길거리를 다녀도 그런 것만 보인다고. 그러니까 선생님이.

다시 생각해도 기가 막힌다는 듯 지민은 헛웃음을 뱉으며 말을 이었다.

이렇게 훑어보는 거야, 나를. 머리부터 발끝까지.

헐. 미쳤나 봐. 진짜? 왜 그런대? 우리는 그런 말을 주고받으며 지민처럼 어이없다는 듯 웃었다.

그래서 내가, 근데요 쌤, 우리는 다 교복 입고 염색도 화장도 못 하게 하는데 지금 저를 그렇게 보신다고 뭘 알 수 있는 건 아니죠. 그랬거든. 그러니까 쌤이 고개를 끄덕끄덕하더니 그래도 얼굴에 뭐 바르고 눈썹도 그린 거 아니냐고 묻는 거야.

대박. 쿠션 보고 화장이라고?

쿠션 발랐는데 눈썹 안 그리면 그건 좀 아니지.

우리는 답답하다는 듯 한마디씩 했다.

벌써부터 그런 걸 좋아하면 공부는 언제 하겠다는 거냐고 중얼거리더니 그럼 의상학과 갈 거냐, 뷰티학과라고 있는데 거긴 어떠냐, 학생부가 중요하다, 자격증을 미리 따 놓는 게 좋다, 그런, 아무나 할 수 있는 말을 하는데 숨이 막히는 거야. 담임은 내가 어떤 애인지는 관심도 없어. 알고 싶어 하지도 않아. 그냥 상담했다는 기록이 필요한 거지.

지민의 말에 우리는 강하게 공감했다. 실제로 지민은 비슷한 듯 보이지만 미세하게 다른 색깔을—이를테면 스카이블루와 베이비블루를— 구별할 줄 안다. 평범한 디자인의 니트를 입어도 소매를 남들과 다르게 접는다거나 독특한 패치를 붙여서 다른 옷처럼 보이게 하는 재주가 있다. 하지만 담임은 지민의 그런 면을 전혀 모르겠지. 설명해 줘도 이해하지 못하겠지. 멀뚱한 표정으로 듣다가 '자, 그럼 이제 진짜 중요한 얘기를 해 보자.'라고 말하겠지.

우리가 걷는 길의 양옆에는 비슷한 높이의 빌라가 늘어서 있고 빌라 너머에는 다양한 브랜드의 아파트가 높이 솟아 있다. 날씨도 바람도 햇살도, 우리의 대화와 마음도 매일 다르겠지만, 이 길을 걸을 때 나는 매일의 다름보다는 비슷함을 찾는 데 집중한다. 어제도 우리를 앞질러 갔던 저 아이들. 어제도 저기쯤 걸려 있던 태양. 어제도 이 건물을 지날 때 횡단보도 신호가 바뀌었지. 투탑학원 노란 버스는 오늘도 저기 서 있네. 비슷함을 차곡차곡 확인하다 보면 안심이 된다.

나는 '그레이스빌' 앞에서 걸음을 멈췄다. 책가방을 어깨 한쪽으로만 비스듬히 멘 채 앞주머니 지퍼를 열면서, 곁눈질로 얼룩무늬 고양이를 찾았다. 고양이는 어둡고 구석진 곳에서 나를 주시하고 있을 것이다. 처음 참치킹을 화단 구석에 두던 날 고양이에게 '엔자'라는 이름을 지어 주었지만 '엔자'라고 소리 내어 불러 본 적은 없다. 엔자는 절대 내게 다가오지 않는다. 나도 엔자를 똑바로 쳐다보거나 가까이 다가가지 않는다. 나는 매일 비슷한 시간에 그레이스빌 화단 구석진 곳에 참치킹을 두고 즉시 자리를 떠난다. 걸어가다 슬쩍 돌아보면, 참치킹을 먹으며 나를 흘깃 바라보는 엔자와 잠깐 눈이 마주치기도 한다. 그럴 때 엔자는 확실히 나를 알아보는 것만 같다.

지난 3월, 학교 가는 길에 엔자를 처음 봤다. 하굣길에 다시 봤고, 다음 날에도 봤다. 며칠 동안 거듭 보다 보니, 보이지 않으면 찾게 되었다. 걱정하는 마음이 생겨 버린 거다. 고양이가 보이지 않으면 혹시 죽은 건 아닐까 무서운 생각이 들고 불안해서 무엇에도 집중할 수가 없다고 엄마에게 얘기했다. 엄마는 고양이가 잘 있는지 확인할 수 있는 방법을 알려 주었다. 매일 비슷한 시간 같은 자리에 참치킹을 두는 것. 엄마는 인터넷으로 참치킹을 주문하면서 참치킹 가격만큼 내 용돈을 줄이겠다고 했다. 나는 나의 불안을 줄이는 대가를 납득했다.

내가 길고양이 밥을 챙겨 주는 사람이 될 거라고는 상상해 본 적 없다. 이전에도 길고양이를 자주 봤지만 엔자만큼 신경 쓰이는 길고양이는 없었다. 우울하고 짜증 나서 세상 모든 게 다 싫은 날에도 엔자의 참치킹을 거르지 않았다. 생리통과 감기가 겹쳐서 조퇴한 날에도 그레이스빌 앞까지 걸어가 참치킹을 두고서야 택시를 타고 집으로 갔다. 엔자가 아프거나 배고파서 죽어 버릴까 봐 두렵고도 불안한 마음과 좋아하는 마음은 같은 것일까? 내가 고양이를 좋아한다면, 엔자 아닌 다른 고양이가 참치킹을 먹어도 상관치 않아야 할 텐데…… 나는 엔자가 참치킹을 먹으면 좋다. 엔자가 다른 고양이와 참치킹을 나눠 먹어도 좋다. 하지만 다른 고양이 때문에 엔자가 참치킹을 먹지 못하는 건 싫다. 그렇다면 나는 고양이를 좋아하는 걸까, 엔자를 좋아하는 걸까? 엔자는 참치킹 말고 또 무얼 먹을까? 만약에 엔자가 하루 종일 참치킹 하나만 먹고 버티는 거라면 무척 마음 아플 것이다. 그렇다고 엔자를 집으로 데려가 같이 살 마음까지는 들지 않는다. 그레이스빌 근처에서 매일 비슷한 시간에 엔자를 찾고, 엔자를 보면 안심하고, 나의 참치킹이 엔자의 삶에 보탬이 되길 바라는 것. 내가 할 수 있는 일은 그만큼이다. 그렇다면 나는 딱 그만큼만 엔자를 좋아하는 걸까? 이런 걸 좋아한다고 말할 수 있나? 나는 어쩌다 엔자를 신경 쓰게 되었지? 엔자를 처음 본 그날을 떠올리면…… 내가 엔자를 본 게 아니라 엔자가 나를 본 것만 같다. 그러니까, 엔자가 나를 선택한 것만 같다. 그렇게 생각하면 자연스럽게 다 이해된다. 나의 불안한 마음, 걱정, 참치킹과 용돈, 엔자의 도도하고도 무심한 눈빛…….

참치킹을 두고 조금 멀어지자마자 엔자는 담벼락 쪽에서 재빠르게 나타났다.

근데 졸업한 다음에는 어쩔 거야?

영소가 물었다.

대학 가면 이 동네를 떠날 수도 있잖아. 참치킹을 못 주게 될 가능성이 크잖아. 그럼 그땐 어쩌지?

영소는 자기 일처럼 근심하며 중얼거렸다. 우리는 핸드폰으로 길고양이 평균 수명을 검색했고 더 큰 근심에 빠졌다. 수명이 짧아서 오히려 다행인지도 모른다는 나쁜 위로를 주고받다가 입을 다물었다. 빌라와 빌라 사이 자그마한 텃밭 앞을 지나다가 지민이 중얼거렸다.

고양이도 풀 먹나? 채소 먹나?

여름과 가을 동안 텃밭에는 푸른 작물이 가득했다. 고추나 토마토나 깻잎처럼 우리가 알아볼 수 있는 식물도 있었고 뿌리채소여서 한눈에 알아보기 힘든 식물도 있었다. 이제는 추위서 푸른 잎은 거의 없고 파와 부추처럼 보이는 것들만 조금 남아 있었다. 우리는 핸드폰으로 고양이가 채소를 먹는지 찾아봤다. 고양이가 파나 양파를 먹으면 위험하다는 정보는 내 인생에 별 영향을 주지 않겠지만, 그래도 친구들과 비슷한 마음으로 엔자를 걱정할 수 있어서 다행이라는 생각이 들었다. 어느 날 갑자기 엔자가 보이지 않게 된다면, 참치킹을 두고 아무리 기다려도 엔자가 나타나지 않는다면……. 그런 날은 상상하고 싶지 않지만 만약 정말 그런 날이 온다면, 그때에도 친구들과 함께이길. 같이 기다리고 같이 포기하고, 죽음과는 다른 상상을 친구들과 함께 할 수 있길.

경이에게도 엔자 얘기를 했다. 일요일에는 경이와 도서관에서 공부하다가 엔자에게 참치킹을 주러 가기도 했다. 경이는 때로 자기가 아는 고양이에 대해 말했다. 사촌 동생이랑 같이 사는 고양이. 친구네 부모님이 입양했다던 고양이. 학원 수학 쌤이 키운다는 고양이. 경이는 그들에게 들었던 고양이의 습성이나 질병, 귀여운 점, 웃긴 점, 감동적인 점을 말했다. 경이와 나는 진짜로 경험한 것보다는 누군가에게 들은 말이나 어디에서 본 것 등을 얘기할 때가 많았다. 그럴 때는 미래 얘기를 하는 것만 같았다. 수다를 떨며 미래를 예습하는 느낌이랄까? 경이와 얘기할 때는 미래가 기대되거나 거창하게 여겨지지 않았다. 두렵거나 불안하지도 않았다. 그저 '언젠가는 나도 고양이와 같이 살 수도 있겠다.' '수능 마치면 다시 발트슈타인에 도전해 볼까.' '수영을 배워야겠다. 반드시 수영을 배우자.' '어른이 되면 한 달에 한 번은 꼭 연극을 봐야지.' '부엌이 근사한 집에서 살고 싶다.' 같은 사소한 다짐이나 예상을 하게 되었고, 정말로 그렇게 살게 될 것만 같았다. 그런데 우리는 왜 키스했지? 아무리 생각해도 그날의 키스는 이상해. 우리의 대화에 비하면 편하지도 즐겁지도 않았잖아. 낭떠러지로 떨어지듯 아득했고, 이상한 생물을 본 것처럼 지금까지도 놀랍고 가슴이 두근거린다. 편안하고 즐거운 감정을 잃은 대신 저릿하고 이상한 감각을 얻었다. 경이는 오늘도 도서관에 올까?

야, 그런 거 구분 못 해도 돈 잘만 벌더라. 우리 오빠 보면 그래. 오빠는 달이 있는지 없는지 관심도 없을걸. 나는 오빠가 하늘을 보고 달을 보고 그러는 거 상상도 못 하겠어. 회사 아니면 게임이야. 주말에는 진짜 밥도 안 먹고 잠도 안 자고 게임만 해.

그래도 학교 다닐 때는 알았겠지. 시험 치는데.

알게 뭐야. 아무튼 재수 없어.

뭐가? 오빠가?

전부 다.

설아와 지민은 알 수 없는 얘기를 나누고 있었다. 경이 생각을 하느라 친구들의 대화를 놓쳐 버렸다.

영어 쌤은 주말마다 서울 가서 베이스 기타 친대. 클럽에서 공연한대.

영어 쌤이? 공연을 한다고? 진짜?

4반에 지수가 그러던데?

국어 쌤은 방학마다 사진 찍으러 여행 간다잖아. 철새 사진 찍으러.

어, 맞아. 그건 나도 들었어. 되게 옛날부터 다녔대. 대학생 때부터 다녔다 그랬나.

지민은 자기 아빠가 낚시에 미쳤다고 했다. 설아의 엄마는 가드닝과 사랑에 빠졌다고 했다. 영소의 친척 언니는 자전거 하이킹에 빠져서 주말이나 연휴마다 자전거를 타고 멀리 더 멀리 나간다고 했다. 친구들은 어른의 취미를 말하고 있었다. 좋아하는 것을 계속 좋아하기 위해 좋아하는 것과는 전혀 상관없는 일을 매일 해내는 마음에 대해. 언젠가 내게도 그런 것이 생길까? 무언가를 열정적으로 좋아하게 될까? 사실 나는 그렇게 될까 봐 두렵다. 왜냐하면 나는 적당히 좋아할 줄 모르니까. 일단 좋아하면 그것만을 바라보고, 기다리고, 나에게 자꾸 실망하니까. 그것 아닌 다른 것은 시시해지고, 최고로 잘하고 싶고, 결국 이상한 배신감에 빠져 버리고……

중학생 때는 밤하늘을 진짜 좋아했다. 계절마다 잘 보이는 별자리를 외웠다. 밤마다 고개를 쳐들고 하늘을 봤다. 비나 눈이 와서 별이 보이지 않으면 짜증이 났다. 별자리는 대부분 거대했고 밤하늘은 훨씬 거대했다. 하지만 나는 아주 작았다. 높은 건물과 인공 불빛은 거대한 밤하늘을 자꾸 가렸다. 볼 수 있는 별은 정해져 있었다. 별자리를 찾아내는 재미와 흥분은 점점 답답함으로 변해 갔다. 나는 매의 눈을 갖고 싶었다. 나는 아파트보다 빌딩보다 커지고 싶었다. 통유리로 만든 비행기를 타고 싶었다. 우주선을 타고 지구를 벗어나고 싶었다. 그리고 마침내, 참깨처럼 보이는 별은 시시하다는 생각에 닿아 버렸다. 별은 결코 그렇게 작지 않을 텐데. 압도적으로 크고 밝을 텐데. 활활 타오르는 거대한 별을 실제로, 영상이나 렌즈가 아닌 맨눈으로 보고 싶었다. 나는 우주를 한눈에 내려다보고 싶었다. 나는 신이 되고 싶었다. 좋아하는 마음은, 끝없는 나의 욕심은, 한국의 서민층 미성년자에 불과한 나를 형편없고 하찮은 존재로 만들어 버렸다. 왜냐면 나는 사는 동안 단 한 번도 대기권 밖으로 나갈 수 없을 테니까. 평생을 참깨 같은 별이나 봐야 할 테니까. 좋아하는 마음은 무럭무럭 자라서 예쁘고 신비롭고 아름다운 별을 참깨처럼 시시한 별로 만들었다. 이런 말은 친구들에게도 해 본 적 없는데 경이에게는 했다. 발트슈타인 얘기도 경이에게는 했다. 내게 발트슈타인이나 밤하늘은 실패의 이야기였다. 좋아하는 것을 실패한 이야기. 경이는 좋아하는 마음이 끝난 건 실패가 아니며, 자기가 보기에 나는 아직도 피아노나 밤하늘을 좋아하는 것 같다고 했다. 경이가 그렇게 말해서 나는 심술이 났다. 나를 달래려는 것만 같아서. 내게 잘 보이려고 일부러 좋은 말을 하는 것만 같아서. 하지만 경이가 나의 실패를 실패라고 말했더라도 아마 심술이 났을 것이다.

'마음 편한 집' 앞에 다다르자 영소가 핸드폰을 꺼냈다.

우리는 걸음을 멈췄다. 영소는 늘 그 자리에서 같은 앵글로 서쪽 하늘을 찍는다. 여름에는 한낮처럼 파랗고 하얀 하늘, 겨울에 가까워질수록 붉고 검은 하늘이 사진에 담긴다. 조금씩 변하는 계절은 같은 배경을 다른 색채로 채운다. 비슷한 시간에 같은 장소에서 찍은 사진을 영소는 매일 인스타그램에 올린다. 그것 말고 다른 사진은 절대 올리지 않는다. 같은 배경에 색채만 다른 사진을 모아 둔 영소의 인스타그램은 마치 예술 작품 같다. 우리 중 누구도 영소에게 사진을 찍는 이유를 물어본 적 없다. 이유 없이도 우리는 마음 편한 집에 다다르면 약속한 듯 걸음을 멈춘다. 아마도 그때 우리의 마음은 그레이스빌 앞에 잠시 머무르는 마음과 비슷하겠지. 이유를 물으면 오히려 복잡해지는 우리의 마음. 언젠가 내가 참치킹을 두지 않게 된다면, 그 앞을 그저 지나쳐 간다면, 영소가 더는 서쪽 하늘을 사진으로 남기지 않는다면, 그렇다면 우리는 서로에게 그 이유를 물어볼까?

큰길로 나와 도서관 정문을 지나면서 유리문 안을 흘깃 바라봤다. 그런다고 경이가 도서관에 있는지 없는지 알 수 있는 건 아니지만 나도 모르게 그랬다. 어제도 도서관에서 경이를 봤는데, 그제도 봤는데, 경이를 볼 때 내 기분이 좋은 건지 불편한 건지 그걸 정말 모르겠다. 좋으면서도 불편하니까 헷갈리는 건가? 편의점 앞 횡단보도에서 신호가 바뀌기를 기다리며 검붉은 서쪽 하늘을 바라봤다. 금성이 신경질을 내듯 반짝거렸다.

 돈가스 전문점에는 손님이 꽤 많았다. 우리는 가장 구석진 곳의 테이블에 앉았다. 돈가스 두 개와 오므라이스와 우동을 시켰다. 우동과 돈가스가 먼저 나오고 잠시 뒤 오므라이스가 나왔다. 음식을 골고루 나눠 먹으며 우리는 다가올 기말고사 얘기를 했다. 고3 언니들은 정말 좋겠다는 얘기도 했다. 수능을 두려워하면서도 수능을 기다리는 이상한 마음에 대해 웃으며 얘기하다가, 우리는 점점 목소리를 낮추고 옆 테이블을 신경 쓰기 시작했다. 옆 테이블에는 부모와 자식처럼 보이는 세 사람이 앉아 있었다. 아빠처럼 보이는 아저씨의 목소리가 컸다. 화가 난 건지 원래 말투가 그런 건지 구분할 수 없었다. 아저씨는 가게 벽에 달린 텔레비전에서 나오는 뉴스와 맞은편에 앉은 자식들을 번갈아 보며 언성을 높였다. 너희는 절대 데모 같은 거 하면 안 된다, 남의 돈 벌어먹는 게 얼마나 더럽고 치사한 건데 일은 덜 하고 돈은 더 받겠다고 파렴치한 것들이 똘똘 뭉쳐서 데

모나 하고, 그걸 잡아 가두지는 않고 협박이나 하는 놈들이랑 협상을 하겠다고, 이 나라는 싹 망해야 돼, 다 망해서 배고파서 흙 주워 먹고 살아 봐야 돼, 그래야 정신들 차리고 고마운 줄 알고 살지,라는 말을 쉬지도 않고 늘어놨다. 나이프로 접시를 탁탁 치면서 이런 거, 이런 거를 쉽게 사 먹고 그러니까 진짜 배고픈 거를 몰라, 아주 굶겨야 돼, 못살게 만들어야 돼, 다 망해야 돼, 망해 봐야 정신을 차려, 하고 계속 망하는 얘기를 했다. 우리는 서로 눈짓을 주고받으며 소곤거렸다.

망해야 된대. 흙 먹고 살아야 된대.

야, 안 돼. 망하면 안 돼. 난 아직 못 해 본 게 너무 많아.

나라가 망해도 자기는 안 망할 줄 아나 봐.

자기만 쏙 빼고 남들만 망할 줄 아나 봐.

봐. 자꾸 흙 먹어야 된대. 흙 파먹어야 된대.

정말 망하길 바라는 걸까? 대체 왜?

저건 거의 망하라고 기도하는 수준 아니냐?

자기는 살 만큼 살았다 이건가?

아니, 자기 애들한테 망해야 된다고 막.

그러니까. 이상해. 미쳤나 봐. 망하려면 혼자 망하든가.

봐. 자꾸 흙 주워 먹고 살아야 된대. 자기는 돈가스 먹으면서.

자기 돈가스 다 먹고 앞에 애들 우동 뺏어 먹잖아, 지금.

옆 테이블 남자는 오직 자기 말에만 심취해 있는 듯 우리가 옆에서 무슨 말을 하는지, 자기를 어떻게 보고 있는지 신경도 쓰지 않았다. 우리는 우리가 절대 망하면 안 되는 구체적인 이유를 나누기 시작했다. 일단 겨울 방학! 이제 곧 방학이잖아! 설아는 연말에 콘서트를 예매했다고 했고 영소는 좋아하는 가수의 미니 앨범이 일주일 뒤 나온다고 했다. 나는 내 동생 우민희 때문에라도 이 세상은 절대 망하면 안 된다고, 지금보다 훨씬 좋아져야만 한다고 했다. 민희는 요즘 기침과 콧물을 달고 사는데 엄마는 그게 다 미세 먼지 때문이라고 했다. 옆 테이블 남자가 어릴 때는 미세 먼지 같은 거 없었겠지. 좋은 공기 마시면서 어른이 되어 놓고도 기껏 하는 주장이 세상 망해야 한다는 것뿐이라니. 우리는 미세 먼지 얘기를 하다가 다시 첫눈 이야기로 돌아갔다. 오늘 밤 함박눈이 오면 좋겠다고, 함박눈이 오면 각자 있는 장소에서 사진이랑 동영상을 찍어서 공유하자고 약속했다.

식당을 나오니 그새 밤이었다. 우리는 횡단보도를 건너 편의점에 들어갔다. 영소와 지민은 커피우유를, 설아는 콜라를 샀다. 나는 온장고에서 캔 커피 두 개를 꺼냈다.

편의점 앞에서 우리는 헤어졌다. 영소와 지민은 커피우유를 마시며 학원 쪽으로 갔다. 설아는 귀에 이어폰을 꽂고 학교로 돌아갔다. 설아는 야간 자율 학습을 신청했지만 매일 저녁 우리와 사거리까지 걸어온다. 같이 편의점에서 간식을 사 먹은 다음 걸어온 길을 되짚으며 학교로 돌아간다. 때로 설아는, 좋아하는 음악을 들으며 홀로 돌아가는 그 길을 더 좋아하는 것처럼 보인다.

나는 따뜻한 캔 커피 두 개를 두 손에 쥐고 도서관 앞에 섰다. 오늘도 경이는 저 안에 있을까? 내 자리를 맡아 두고 있을까? 오늘도 가볍게 손을 들어 인사할까? 오늘은 물어볼 수 있을까? 다시 해 보자고 말할 수 있을까? 그랬다. 나는 그렇게 말하고 싶었다. 우리의 첫 키스를 다시 해 보자고. 다시 해 보면 내 마음을 더 선명하게 알 수 있을 것 같다고. 눈발이 흩날렸다. 낮에 그랬듯 잠시 흩날리다 멈출 수도 있지만, 알 수 없지. 갑자기 함박눈이 될 수도 있잖아. 모든 시작은 미약하니까. 끝도 없이 이 세상 다 망해 버려야 한다고 주장하던 아저씨는 첫눈이 오면 무슨 생각을 할까? 도로 막힌다고 되게 싫어할까? 아저씨도 첫눈을 기다리던 시절이 있었을까? 아저씨도 좋아하는 게 있을까? 좋아하는 것을 계속 좋아하기 위해 매일 해내는 뭔가가 있을까? 아저씨에게도 나의 엔자 같은 존재가 있을까? 따뜻한 캔 커피를 건네주고 싶은 사람이 있을까? 그조차 없다면 그 아저씨는 망했다. 망해야 한다고 바랄 것도 없이 이미 망해 버렸어.

도서관의 유리문을 밀고 들어갔다. 열람실로 올라가는 계단 끝에 앉아 있는 경이 보였다. 내가 곧 올 거라는 걸 알고 있던 사람처럼, 경은 가볍게 손을 들어 보였다. 두 손에 꼭 쥔 캔 커피의 온기가 좋았다.